LA SEDUZIONE DEL GENTILUOMO

LAUREN SMITH

Traduzione di
ERNESTO PAVAN

PROLOGO

Londra, 5 dicembre 1814

"Vi prego, non potete!" L'implorazione, pronunciata con voce roca, riecheggiò nel silenzio dell'atrio.

Il diciassettenne Martin Banks si nascose tra le ombre, osservando suo padre implorare pietà a Edwin Hartwell all'ingresso della loro piccola villetta in Gracechurch Street. L'alta statura di Edwin, le sue ampie spalle e la sua espressione fredda riempirono di paura il giovane cuore di Martin. Sua sorella gemella, Helen, gli stringeva il braccio mentre i due sbirciavano dal loro nascondiglio dietro una tenda.

"Posso e lo farò." L'espressione di Edwin era dura mentre fissava William Banks. "Voi mi dovete diecimila sterline e io intendo riscuotere il debito. Se non potete pagare, dovrete andarvene entro una settimana."

"Andarcene?" La madre dei due fratelli, una splen-

dida donna dalla salute fragile, si appoggiò pesantemente al corrimano per sostenersi. Avrebbe dovuto
riposare al piano di sopra, non fronteggiare quella belva
umana assieme a suo marito. Martin avrebbe voluto
andare da lei, ma era paralizzato da una paura infantile.
Se suo padre temeva Edwin, lui sapeva di non avere
alcuna possibilità.

"Sì, signora." La risposta di Edwin era talmente
fredda che avrebbe potuto ghiacciare il Tamigi.

"Per favore, non potete. E i bambini?" La donna tese
una mano implorante a Edwin, che però si scrollò di
dosso il suo tocco e fece un passo indietro.

"Se vi fosse importato qualcosa dei vostri bambini,
non avreste fatto un investimento tanto rischioso. Io vi
ho prestato il denaro e voglio quello che mi spetta."

La gola di Martin si serrò e lui chiuse le mani a
pugno così forte che le unghie gli si conficcarono nel
palmo e fecero scorrere il sangue.

"Vi darò il denaro," disse William, affrettandosi a
rassicurare Edwin.

"Potete tentare, ma nessuna banca vi farà credito."

"Potrebbero, invece," ribatté il padre di Martin.
"Non sono ancora del tutto in disgrazia presso di
loro."

"Vedremo. In caso contrario, verrete sfrattati tra
sette giorni." Edwin si mise il cappello in testa e il
maggiordomo gli aprì la porta. Mentre l'uomo usciva
nella notte, Martin fissò la sua schiena, imprimendo per
sempre quella visione nei suoi ricordi.

Edwin Hartwell, l'uomo che aveva rovinato la sua famiglia.

"William, cosa possiamo fare? Se le banche non ci aiutassero..." esordì sua madre.

"Ho ancora degli amici alla Drummonds. Andrò là domani mattina presto."

"Ti prego, sono preoccupatissima. Manca poco a Natale. E se non potessimo permetterci un altro posto dove vivere?" La madre di Martin abbracciò suo padre e il suo cuore si colmò di speranza. Di sicuro, suo padre sarebbe riuscito a fare qualcosa. Doveva riuscirci: avevano bisogno di una casa in cui vivere.

"Andrà tutto bene, Mary. Vedrai. Dovranno pur esserci delle stanze da qualche parte, anche se magari dovremmo spostarci in una zona meno rispettabile." Il padre di Martin lasciò andare sua madre e lei si asciugò una lacrima con mani tremanti.

"Vai di sopra e riposati. Hai avuto troppe preoccupazioni, oggi." Lo sguardo di William era cupo per l'ansia. Anche Martin era preoccupato. Negli ultimi giorni, sua madre si era fatta più debole di quanto fosse mai stata.

Mary cominciò a salire le scale, ma all'improvviso crollò. Il suo corpo rovinò a terra.

"Mary!" gridò il padre di Martin, correndo al fianco della moglie e prendendola poi tra le braccia.

"Madre!" Martin corse fuori dalle ombre e raggiunse suo padre, seguito a ruota da Helen.

Sua madre giaceva come un angelo caduto tra le braccia di suo padre, le ciglia che palpitavano come le ali di una farfalla che cercava freneticamente di continuare a volare in mezzo un temporale. Il suo viso cinereo, le labbra pallide e gli occhi velati costrinsero Martin ad affrontare una verità che non aveva mai voluto vedere: i suoi genitori non erano invincibili.

"Vai a chiamare il dottore!" gridò William.

Martin afferrò il cappotto portogli da un lacchè in ansia e corse in strada, dove chiamò una vettura pubblica. Il dottore che conoscevano viveva a pochi isolati dalla loro casa, ma Martin temeva che anche quella breve distanza sarebbe stata troppo. Aveva visto il viso pallido di sua madre e le sue membra prive di forze. Aveva visto la morte.

Edwin Hartwell aveva rubato più della casa di Martin: aveva preso la vita di sua madre e per quello, un giorno, avrebbe pagato.

Londra, 10 dicembre 1825

Martin Banks detestava il Natale. Era seduto sulla sua poltrona al Brook's, il suo club, e ascoltava gli uomini che lo circondavano discutere dei balli e degli eventi invernali che si sarebbero tenuti nelle settimane che avrebbero portato alla festa. Martin aprì la sua copia del *Morning Post* e cercò di concentrarsi sugli articoli, ignorando i racconti degli uomini attorno a lui che condividevano ricordi di fortini di neve, pudding di fichi e ricerche del ceppo natalizio.

Sciocchezze. Sciocchezze stupide e sentimentali.

A ventotto anni, Martin aveva superato la sua gioventù spericolata, ma non era ancora abbastanza vecchio per guardare a essa con affetto. Gli uomini della sua età stavano santificando la festa con delle spose novelle o dei figli appena nati. Ma non lui. Lui era stato bene attento a *evitare* il matrimonio, il che gli era stato facile durante la prima parte del suo secondo decennio di vita. Dopo la morte di sua madre, suo padre aveva perso la voglia di vivere e le loro vite erano precipitate.

A vent'anni, lui e sua sorella gemella Helen erano rimasti orfani e si erano trasferiti a Bath in cerca di lavoro, lui come impiegato e lei come istitutrice. Nessuno dei due era riuscito a raggiungere il proprio obiettivo. Fortunatamente, Helen si era sposata e suo marito aveva dato sostegno economico a Martin mentre lui si faceva strada nel mondo degli investimenti. All'inizio, quando non aveva avuto molto denaro, le giovani di Bath lo avevano ignorato, nonostante il suo aspetto attraente. Non che a Martin la cosa importasse. Solo alcuni anni dopo, quando aveva guadagnato la sua fortuna, le donne avevano cominciato a vederlo come un potenziale marito, e per allora lui aveva perso ogni interesse a sposarsi.

Non commetterò gli stessi errori di mio padre. Un uomo che non ama nulla non può perdere nulla.

Nel corso degli ultimi otto anni, Martin si era impegnato per farsi un nome come investitore di successo. A differenza di suo padre, aveva avuto molta più fortuna e aveva accumulato un patrimonio considerevole. Ora le donne lo guardavano con un palese interesse, che lui era felice di ignorare. Non aveva bisogno di una moglie, ma, a voler essere onesto, aveva bisogno di una nuova amante. A volte, la sua casa da scapolo era un po' solitaria. Sapeva che molti uomini non avrebbero alloggiato l'amante in casa propria e si sarebbero accontentati semplicemente di andarla a trovare. Martin aveva preferito avere le sue compagne vicine a sé che rispettare le regole della società. Considerato che riceveva di rado ospiti, il fatto che le sue amanti fossero solite vivere in casa sua non aveva grande importanza.

Era da un po' che non aveva un'amante sotto il suo stesso tetto. E non amava che, negli ultimi tempi, i suoi attacchi di malinconia si fossero fatti sempre più frequenti. A volte, l'unica cura era andare a trovare sua sorella gemella, Helen. I suoi due giovani figli, i nipoti di Martin, gli davano una gioia infinita.

"Banks, diavolaccio che non siete altro, dove vi eravate nascosto?" Una voce familiare, gioviale, si fece strada tra i pensieri cupi di Martin. Un uomo dalle guance rubizze, col sorriso pronto, lo fissò da sopra il giornale.

"Rodney!" Martin sorrise a trentadue denti, chiuse il giornale e lo mise da parte. "Unisciti a me, per favore." Erano molti gli uomini di cui Martin poteva dirsi amico, ma Rodney era più vicino a un fratello.

"Solo per un poco. Devo accompagnare mia moglie a Bond Street. Dobbiamo fare i regali ai bambini, sai." La gioia di Rodney era evidente dal calore con cui aveva detto quelle parole e dal modo in cui i suoi occhi brillavano di orgoglio paterno. Martin avvertì una sorprendente fitta al petto, ma seppellì il dolore con un altro sorriso.

"Non ti vedo da mesi," disse Martin. "Hai fatto

come ti avevo raccomandato per quanto riguarda le tontine?"

Rodney annuì e prese posto vicino a Martin, passando lo sguardo sugli altri uomini presenti nella stanza.

"Certo. Ne ho tratto un bel guadagno. Lo sto ancora traendo, a dire il vero." Rodney si diede una pacca sulla coscia e si mise comodo sulla poltrona.

"Ottimo. Buono a sapersi." Martin conosceva Rodney da otto anni. Quando si erano conosciuti, l'altro uomo aveva avuto la propensione al gioco d'azzardo, ma aveva perso il vizio e si era sistemato molto bene.

"E tu? Dimmi, frequenti ancora quella cantante d'opera? Era davvero incantevole."

Martin ridacchiò. "Stella e io ci siamo lasciati quattro mesi fa. Mantenerla non era un problema per me, ma ci eravamo stancati l'uno dell'altra. Quando la scintilla non c'è più, non c'è più," disse sospirando. "Ma ho sentito dire che se la cava molto bene a Parigi."

"Perché non esci con me, questa sera? Ho in programma un incontro con alcuni gentiluomini alle Argyll Rooms. C'è una specie di ballo e penso che organizzeranno anche dei tavoli di faraone e whist."

"Non saprei. Chi è che devi incontrare?"

"Lord Pentwith, il signor Smythebrooke e alcuni altri. Suvvia, Martin, vieni a divertirti un po' questa sera."

Martin si accarezzò pensosamente il mento. "Magari

lo farò." Avrebbe potuto sempre andarsene presto, se la serata lo avesse annoiato.

"Splendido. Ci vediamo questa sera alle nove alle Argyll Rooms." Rodney si alzò dalla poltrona e gli diede un'amichevole pacca sulla schiena mentre se ne andava.

Piegando il giornale, Martin decise che era ora di andare. Rivolse un cenno del capo a uno degli addetti alla sala lettura e il ragazzo andò a prendergli cappello e cappotto. Mentre usciva dal club, inalò l'aria fresca e frizzante e guardò in alto, verso il cielo viola e il sole al tramonto, che ammorbidivano la durezza della città al crepuscolo. Nel giro di qualche ora, sarebbe andato alle Argyll Rooms e avrebbe avuto probabilmente l'occasione di conoscere qualche bella signora in cerca di un protettore e benefattore. Era un ruolo che lui sarebbe stato felice di ricoprire per una giovane bella e intraprendente che avesse attirato la sua attenzione.

Quando raggiunse la sua residenza in Park Lane, era ansioso di incontrare nuovamente Rodney. La casa gli era costata trentatremila sterline, ma lui l'aveva abbellita con restauri e arredamento per un valore di altre centomila, per cui si trattava di una dimora molto bella. Qualunque donna avesse incontrato quella sera sarebbe stata entusiasta di condividerla per un po' con lui. La porta si aprì mentre lui si puliva con attenzione gli stivali sul tappetino per liberarli dal ghiaccio del marciapiedi.

"Benvenuto a casa, signore." Il signor Harris, il suo

maggiordomo, prese il cappello e il cappotto di Martin, passandoli poi al primo lacchè.

"Buonasera, Harris. Per favore, informa la signora Wilson che questa sera uscirò e che non è necessario che mi prepari la cena."

"Naturalmente, signore. Devo far preparare la vostra carrozza a un orario specifico?"

"Va bene alle otto e mezza." Martin passò lo sguardo sulla casa in stile palladiano, con la sua maestosa scalinata di marmo bianco, immaginando una bella giovane che saliva le scale pronta per il suo letto.

Diamine, era davvero trascorso troppo tempo da quando aveva avuto una donna in casa. Sarebbe stato bello avere una nuova amante, qualcuna che gli scaldasse il letto e gli tenesse compagnia la sera davanti a un bicchiere di sherry. Tutto ciò gli era mancato molto. Martin salì le scale fino al piano principale ed entrò nelle sue stanze. Il suo valletto, Will Byrd, stava spolverando la collezione di tabacchiere in una teca di vetro. Martin non annusava mai tabacco, ma gli piaceva collezionare quelle dalle scatoline laccate. C'era qualcosa, nelle minuscole scene dipinte sulla porcellana, che lo affascinava e lo stupiva.

"Buona sera, Byrd," salutò. Il suo valletto annuì e mormorò una risposta cordiale.

"Questa sera esco. Ordinami un bagno e prepara un completo da sera adatto alle Argyll Rooms."

"Sì, signore. Ah, in serata è arrivata una lettera per

voi." Byrd gli passò la lettera, che lui prese in mano. Martin prese un tagliacarte d'argento dallo scrittoio e tagliò il sigillo di cera. Riconobbe subito la grafia di sua sorella.

MARTIN,

Spero che questa lettera ti trovi bene. I bambini mi chiedono insistentemente quando tornerai a trovarci. Quattro mesi senza vederti sono davvero troppi. Gareth e io pensavamo che sarebbe splendido se venissi a trovarci a Natale. So che non ti piacciono le feste, ma io e i bambini saremmo felicissimi se venissi a stare da noi. Ti prego, di' che ci penserai.

Tua,
Helen

"OH, HELEN." MARTIN piegò la lettera e la posò sulla scrivania. Aveva giurato di non amare mai niente e nessuno, ma Helen era l'unica eccezione. Era la sua gemella, la persona con cui aveva condiviso il grembo materno. Il loro era un legame infrangibile. Martin aveva degli amici, come Rodney, e dei conoscenti. Ma se quelle amicizie fossero scomparse l'indomani, lui non sarebbe crollato, non come sarebbe accaduto se avesse perso una persona amata come Helen, Gareth o i bambini.

"Molto bene. Mi vuoi a casa per Natale? E a casa

verrò." Senza dubbio, Helen aveva intenzione di presentargli qualche altra giovane leziosa di Bath, ma lui non voleva prestarsi agli sforzi di sensale di sua sorella. Non avrebbe permesso alle feste di sciogliere il ghiaccio che gli circondava il cuore.

Nulla poteva farlo.

❦ 2 ❦

Martin entrò alle Argyll Rooms, nella zona est di Regent Street, e si guardò attorno. Sulle pareti erano dipinti degli affreschi che rappresentavano colonne corinzie. Lampade greche gli illuminavano la strada mentre oltrepassava le eleganti porte pieghevoli scarlatte e raggiungeva il luogo dei festeggiamenti. Gli uomini e le donne che lo circondavano erano chiassosi. I suoni della loro allegria rimbalzavano sulle pareti, creando un tale fracasso da rendergli difficile udire i propri pensieri.

Martin si fermò quando raggiunse la scala principale. Il panno verde sotto i suoi piedi era coperto da disegni alla turca. Aveva sempre apprezzato l'eleganza delle Argyll Rooms e quella sera la situazione non era diversa. Ma piuttosto che guardare il panorama, Martin passò lo sguardo sulla folla in cerca di Rodney. La folla gioviale e l'entusiasmo dovuto ai piaceri notturni attorno a lui cominciarono a fargli effetto. Un sorriso gli curvò le labbra e si mise a canticchiare una canzoncina familiare, che un'orchestra stava suonando nel salone principale.

Poi il suo cuore si fermò e il mondo si inclinò sul suo asse.

Lì, all'entrata della Sala Turca, c'era un uomo che Martin non vedeva da quando aveva diciassette anni. Ebbe la sensazione di essere precipitato all'improvviso da una grande altezza. L'uomo che detestava più di ogni altra cosa al mondo era lì: Edwin Hartwell. In tutti quegli anni, non si erano mai incrociati in un club, a un ballo o una cena, ma Martin non avrebbe mai dimenticato quel viso.

Hartwell non era il tipo che faceva vita sociale, a meno che non avesse annusato un'opportunità di affari; eppure eccolo lì, che parlava con un gruppo di gentiluomini. Una rabbia gelida serrò le viscere di Martin mentre si incamminava verso l'uomo. Gli prudevano le dita dal bisogno di afferrarlo, sbatterlo contro la parete e strangolarlo fino alla morte.

Hartwell stava parlando con trasporto a un uomo che Martin non conosceva. Presto, i due svanirono nella Sala Turca e lui li seguì. La stanza era una novità. Gli eleganti tappeti e tendaggi blu erano messi in risalto da sofà all'ottomana disposti per la stanza. Sotto gli splendidi soffitti affrescati, un'aquila d'oro stringeva un fulmine tra gli artigli. Un enorme lampadario era appeso sotto l'aquila. Tra i divani c'erano tavoli da carte disposti con cura, sui quali erano già in corso delle partite. Tavoli da hazard erano circondati da gentiluomini, la maggior parte dei quali era vestita come pavoni tramutati in dandy, che camminavano impettiti mentre lanciavano dadi. Partite di E.O., faraone, whist e persino *rouge et noir* erano in corso. Hartwell era vicino al tavolo di *rouge et noir*.

Martin si fermò a qualche tavolo di distanza, osservando l'uomo che aveva distrutto la sua famiglia. Tanti anni prima, Hartwell era stato un uomo dall'altezza impressionante, con i capelli scuri e una bocca dalla piega crudele. Un personaggio da incubo agli occhi di un ragazzo.

Ora, i capelli dell'uomo erano striati di grigio, le sue spalle erano un po' curve e il suo viso era segnato da una stanchezza nata dalle tribolazioni. La fredda nobiltà che un tempo si portava dietro come uno scudo era degenerata in una lotta per la sopravvivenza. La sua giacca era troppo larga, come se egli si fosse rimpicciolito, e il tessuto era visibilmente liso. Hartwell non se la cavava bene.

Il cuore di Martin cominciò ad accelerare i battiti. Aveva la sensazione di essere un mastino che aveva sentito l'odore della volpe nell'aria ed era pronto a spillare il sangue.

Un gruppo di uomini abbandonò il tavolo di *rouge et noir*. Hartwell si allungò per puntare sul rosso, l'espressione disperata. Il mazziere diede due colonne di carte e si fermò quando la somma dei punti sul lato nero arrivò a trentuno o più. Quindi, fece la stessa cosa sul lato rosso. I giocatori che avevano scommesso sul nero si rallegrarono e raccolsero le vincite. L'espressione di Arthur crollò ed egli voltò le spalle al tavolo. Passò a un tavolo di whist e si sedette un posto libero. Martin fece la sua mossa, rivendicando il posto accanto a lui. Attese di vedere un'espressione di terrore sul volto di Edwin. O di rabbia. O di qualunque altro sentimento.

"Buonasera," mormorò Hartwell.

Non mi ha nemmeno riconosciuto.

Dopo che Hartwell aveva ucciso sua madre e li aveva buttati in mezzo a una strada al freddo, Martin non era per lui nemmeno un vago ricordo. Per un attimo, il pensiero gli bruciò come fuoco nel petto, ma poi si rese conto che avrebbe potuto approfittarne. Poteva giocare contro quell'uomo e vincere. Gli uomini disperati, come il ragazzo che lui era stato un tempo, non giocavano mai bene. Quando un uomo aveva qualcosa da perdere, era nervoso e meno concentrato.

Un uomo si sedette di fronte a lui, che sarebbe stato il suo socio, e un altro prese posto davanti a Hartwell. Il gioco ebbe inizio. Mentre le carte venivano distribuite, tredici a ciascun giocatore, Martin trattenne il fiato e osservò attentamente il suo socio in cerca di indizi e segnali. Presto, acquisirono un vantaggio di punti.

"Scommesse, per favore," chiese il mazziere. Martin estrasse diverse banconote da cento sterline e sul tavolo calò il silenzio. Un attimo dopo, gli altri due uomini aggiunsero somme equivalenti e tutti guardarono Hartwell. L'uomo più anziano si morse il labbro e guardò Martin.

"Accettate un pagherò?"

Martin sorrise lentamente all'arrivo dell'occasione che aveva aspettato.

"Certo." Rivolse un cenno di approvazione al mazziere e gli altri uomini fecero lo stesso. Il cosiddetto pagherò non era altro che una cambiale.

Era proprio ciò che voleva Martin: che Hartwell fosse in debito nei suoi confronti.

Il mazziere distribuì una mano di carte a ciascun uomo e la cifra incrementò ulteriormente quando vennero fatte ulteriori scommesse. Martin e il suo socio acquisirono nuovi punti. Quando il piatto superava ormai le mille sterline, le mani di Hartwell tremavano visibilmente. Quando fu rivelata l'ultima carta, il viso dell'uomo perse colore ed egli posò le carte sul tavolo.

"Mi dispiace," mormorò. "Non posso giocare."

Gli uomini al tavolo si immobilizzarono e il mazziere dichiarò Martin e il suo compagno vittoriosi.

"Vi pagherò metà della cifra dovuta da quest'uomo," disse Martin al suo socio mentre si alzavano dal tavolo. L'uomo lanciò un'occhiata al viso cinereo di Hartwell e annuì. Il socio di Hartwell sospirò e pagò quello che doveva, mentre Martin rimborsò immediatamente il suo socio per la parte del debito di Hartwell a lui dovuta.

"Grazie, signor..." Hartwell inclinò la testa verso Martin.

"Martin Banks."

"Banks? Ci conosciamo?" Gli occhi dell'uomo più maturo scrutarono i suoi, cercando un ricordo che però non riuscirono a trovare.

Martin gli lanciò un'occhiata gelida. "Sì. Ci conosciamo. Domani sera verrò a trovarvi; allora parleremo del vostro debito."

"Banks?" Era chiaro che Edwin non era ancora riuscito a collegare. Martin avrebbe lasciato che ci rimuginasse sopra per tutta la notte.

Il sangue gli pulsava nelle orecchie mentre cercava di mantenere il controllo.

"Dovreste preoccuparvi del modo in cui riscuoterò il debito."

È dove voglio che sia. Ucciderlo ora non servirebbe a nulla.

Hartwell barcollò, rovesciando la sedia. "Per favore, posso trovare un modo per pagarvi."

"Per favore!" Hartwell lo afferrò per la manica.

Martin fissò la mano dell'uomo e Hartwell lo lasciò andare immediatamente. "Come ho già detto, verrò a trovarvi domani sera," ripeté. "Parleremo allora del pagamento." Martin si allontanò, le mani che tremavano mentre cercava di tranquillizzarsi.

Presto avrebbe avuto la sua vendetta.

LAVINIA HARTWELL ERA APPOLLAIATA SU UN divanetto sotto una finestra che dava su Duke Street, con un libro in una mano e una tazza di tè nell'altro. Era persa tra le pagine di un sensazionale romanzo gotico, *Lady Leticia e il Duca Oscuro* di L.R. Gloucester.

Lavinia, o Livvy – come preferiva essere chiamata – trovava quei due personaggi particolarmente interessanti. C'era qualcosa di splendido in un uomo dalla bellezza cupa che si ritrovava a ricoprire con riluttanza il ruolo dell'eroe e in una giovane donna che lottava coraggiosamente per salvarsi da un crudele marrano. La vita di Livvy non era interessante come ciò che accadeva tra le pagine del romanzo che aveva in mano.

A diciott'anni, aveva appena vissuto la sua prima Stagione e non aveva conosciuto un gentiluomo che le ricordasse il cupo duca del romanzo. C'erano molti uomini piacevoli, naturalmente, e fin troppi libertini. C'era anche l'occasionale farabutto, ma nessuno aveva attirato la sua attenzione. Sapeva che quell'atteggiamento era un po' sciocco, ma sperava di innamorarsi follemente di un uomo come era successo a Leticia. Sua madre l'aveva avvisata: la maggior parte dei matrimoni contratti in Inghilterra non erano matrimoni d'amore. Era così che andavano le cose.

Ma io ne vorrei uno.

Sollevò lo sguardo dal libro e guardò attraverso le pesanti e vecchie tende della finestra di fronte a cui era seduta. Le strade buie fuori dalla finestra erano ora illuminate da alcuni lampioni a gas dalla luce tremolante che creavano un'atmosfera irreale. Livvy chiuse il libro e finì il tè. Proprio mentre si alzava, udì suo padre lanciare un grido in corridoio.

"Elizabeth! Lui è qui!" La voce di Edwin tuonò talmente forte che la porta della biblioteca tremò.

Livvy corse fuori dalla biblioteca e si fermò in cima alle scale. Suo padre stava discutendo animatamente con sua madre vicino al foyer. Livvy tese le orecchie per origliare.

"Edwin, come hai potuto permettergli di venire qui?" scattò Elizabeth. "Ieri sera avevi promesso che avresti avuto successo alle Argyll Rooms, ma hai perso tutto quello che abbiamo. Non voglio quell'uomo in casa mia!" Il volto di sua madre era pallido ed ella stava torcendo disperatamente un fazzoletto tra le mani, devastando il fragile pizzo.

Ha perso tutto? All'inizio, le parole non ebbero alcun significato per lei. Livvy cercò di trovare loro un'interpretazione sensata.

"È *tutto* suo, ora, Elizabeth. Non posso rifiutargli l'ingresso. Implorerò la sua clemenza." Il padre di Livvy rivolse un cenno del capo al maggiordomo. "Accompagnalo in salotto, Howell."

Howell, il loro maggiordomo, aprì frettolosamente la porta per permettere l'ingresso a quell'araldo di disgrazie.

Livvy si nascose dietro il corrimano, colta da un improvviso bisogno di non essere vista. La conversazione tra suo padre e sua madre la tormentava ancora. La sera prima, suo padre aveva perso al gioco tutto ciò che possedevano? Un terrore gelido la afferrò, mozzandole il fiato.

Avrebbero portato via tutto. *La mia casa, i miei vestiti... i miei libri?*

Qualunque possibilità lei avesse avuto di contrarre un buon matrimonio in quella Stagione era ormai rovinata. Suo padre era un semplice gentiluomo, sebbene sua madre fosse la figlia di un duca, la qual cosa rendeva Livvy la nipote di un duca e, di conseguenza, un ottimo partito. Sebbene non potesse ereditare il titolo del nonno, le parentele della famiglia con dei membri dell'aristocrazia erano sempre bene accette. Ma lo scandalo provocato dalla loro caduta in miseria avrebbe macchiato anche quelle.

Suo nonno, il duca di Sussex, era un uomo magnifico e molto amato. Perché i suoi genitori non avevano chiesto il suo aiuto? Il duca aveva permesso alla madre di Livvy di sposarsi per amore. Di certo non si sarebbe rifiutato di aiutare la figlia se questa avesse avuto problemi economici. Livvy si morse dolorosamente il labbro. Forse il problema era l'orgoglio di sua madre.

Howell aprì la porta e Livvy sbirciò dal suo nascondiglio tra le ombre mentre un uomo entrava in casa sua. I capelli dorati di costui erano stupefacenti e i suoi lineamenti erano quelli di un angelo caduto o di uno degli eroi di Byron.

"Da questa parte, signor Banks. Il mio padrone vi riceverà subito." Howell accompagnò l'uomo in salotto. Livvy cercò con lo sguardo i suoi genitori, ma erano già entrati nello studio di suo padre.

Un attimo dopo, suo padre apparve e, altrettanto

rapidamente, scomparve in salotto. Howell rimase con le spalle alla porta, come una sentinella. Livvy abbandonò il suo nascondiglio e scese di corsa le scale. Quando Howell la vide, si portò un dito alle labbra. Quindi, il maggiordomo annuì e si fece da parte per cederle il posto. Livvy premette l'orecchio contro la porta e ascoltò la conversazione.

"Come ho detto ieri sera, signor Hartley, sono in possesso di una promessa di pagamento di quattromila sterline recante la vostra firma. Voglio che voi e vostra moglie lasciate questa casa entro domani; la venderò entro Natale, per recuperare la cifra che mi è dovuta. Se non sbaglio, questa casa è ancora parzialmente di proprietà della Drummonds."

"Sì." Il padre di Livvy rispose con voce bassa, rotta.

"Rileverò l'ipoteca dalla banca, quindi venderò la casa," disse Banks, in tono calmo e tranquillo. Senza emozioni.

Livvy sapeva di dover intervenire. Di certo, quell'uomo aveva ancora un barlume di decenza e di compassione in sé. Spalancò la porta del salotto ed entrò di corsa.

"Per favore!" esclamò quando si ritrovò di fronte all'uomo in piedi davanti al caminetto. Costui era più alto di quanto lei si fosse resa conto, al punto da torreggiare su di lei quando Livvy si avvicinò. I suoi penetranti occhi azzurri brillavano alla luce del fuoco.

"Per favore," ripeté lei a voce più bassa, il cuore che ora le martellava nel petto. "Date tempo a mio padre di ripagare il suo debito. Siamo quasi a Natale..." Temette che la sua preghiera avesse incontrato orecchie sorde quando Banks continuò a fissarla. Le ampie spalle dell'uomo e i suoi abiti pregiati raccontavano la sua ricchezza. Di certo non aveva bisogno del loro denaro. Livvy si sentiva decisamente giovane e sciocca a stargli di fronte in un abito vecchio di due anni, il cui orlo era stato rifatto due volte e i cui colori era sbiaditi a causa dell'eccessivo utilizzo. In passato, ciò non le aveva dato fastidio, ma ora? Ora si sentiva molto stupida di fronte a un uomo attraente e ben vestito come il signor Banks.

Lo sguardo dell'uomo si soffermò su di lei, passando dal suo viso fino alle sue scarpe e poi risalendo, e lei avrebbe potuto giurare di riuscire quasi a sentire mani invisibili che la toccavano.

"Hartwell, chi è questa *splendida* creatura?" Le labbra del signor Banks, prima contratte in una linea sottile, ora si ammorbidirono in un sorriso lento e seducente.

"È mia figlia Lavinia."

"Livvy," lo corresse automaticamente lei. Il suo viso fu avvolto da un'ondata di calore.

"Vostra figlia..." mormorò Banks mentre appoggiava una mano al caminetto di marmo. "Questo cambia tutto."

La speranza sbocciò dentro di lei, che cominciò a sorridere.

"Allora mi concederete del tempo per ripagarvi?" Il padre di Livvy le si avvicinò mentre parlava al signor Banks, appoggiando una mano sulla sua spalla.

Lo sguardo di Banks si posò su di lei, quindi scivolò su suo padre. "No."

"Ma–"

L'uomo interruppe Livvy mentre proseguiva. "Ho deciso di accettare una forma diversa di pagamento, che vi permetterà di conservare la vostra casa."

Le dita del padre di Livvy le affondarono nella spalla. "No. Tutto, ma non questo," ringhiò. "Prendetevi la casa."

"Tutto tranne cosa?" volle sapere Livvy. Non riusciva a capire perché suo padre fosse turbato.

"Voi, mia cara," disse tronfio Banks. "Vuol dire tutto tranne *voi*."

Livvy cercò di contrastare lo stupore. "Io? Ma come potrei ripagarvi?" Il signor Banks intendeva forse dire che, se lei si fosse sposata presto, avrebbe potuto convincere suo marito a ripagare i debiti di suo padre?

"Siete deliziosamente innocente. Che cosa incantevole." Il tono di voce di Banks era carico di un divertimento sarcastico che la rese furiosa.

"Prendetevi la casa, Banks. Non potete avere lei. Ha delle prospettive di matrimonio e una buona vita davanti a sé." Il padre di Livvy si frappose fra lei e Banks.

Banks tamburellò con le dita sulla mensola del caminetto e si voltò nuovamente verso il fuoco. "Potrei distruggere quelle prospettive. La mia portata è più ampia di quanto voi vi rendiate conto."

"Sì, ora lo so. Voi siete il figlio di William Banks,

vero?" chiese il padre di Livvy.

"Finalmente ci siete arrivato."

Livvy non capiva e passò lo sguardo tra i due uomini, confusa.

"Chi è William Banks?" Per un attimo, Livvy pensò che né suo padre né il signor Banks le avrebbero risposto.

"Era un uomo che doveva del denaro a vostro padre. Vostro padre ci cacciò di casa. Mia madre morì quella notte, pochi minuti dopo che lui ci ebbe rovinato. Me la portò via e ora la giustizia ha voluto darmi la possibilità di ricambiare il favore e di portare via qualcosa a lui. Quel qualcosa siete voi, mia cara."

Le parole dell'uomo la lasciarono sconvolta. Lo sguardo di Livvy corse tra suo padre, che sembrava devastato dall'angoscia, e quell'uomo freddo e spassionato, il signor Banks. Livvy osservò il bel profilo di costui e solo allora capì cosa egli aveva proposto. Voleva *lei*, non il denaro di un ipotetico futuro marito. E c'era un solo motivo per cui un uomo nella sua posizione avrebbe potuto volere lei quando era chiaro che non aveva intenzione di sposarla.

Livvy soffocò la paura meglio che poté e assunse un'espressione composta. "Se mi prenderete, considererete pagati appieno i debiti di mio padre?" chiese. Il suo corpo tremava mentre lei veniva a patti con ciò che stava pensando di fare: dare se stessa a quell'uomo per salvare la sua famiglia.

"Livvy, assolutamente no." Suo padre la guardò,

paura e rabbia negli occhi. Lei lo oltrepassò con uno spintone per trovarsi faccia a faccia con il signor Banks.

"Dunque?" chiese.

L'uomo incrociò le braccia, accigliandosi leggermente. "Sì. Voi in cambio dell'intero debito." Il suo sguardo arse in lei con tale intensità da farla rabbrividire dal terrore.

Livvy si schiarì la voce. "Quali sono le vostre condizioni?"

L'uomo si accarezzò il mento e parve meditare sulla questione, ma lei capì che aveva già una risposta. "Sarete mia fino a quando io non mi stancherò di voi."

Viticci di ghiaccio si avvolsero attorno a lei, paralizzandola. Quanto ci sarebbe voluto perché il signor Banks si stancasse di lei e la rimandasse a casa?

"No," esclamò suo padre. "Lei non verrà con voi. Livvy, vai nel mio studio e resta con tua madre."

Livvy avrebbe voluto poter obbedire a suo padre. Più di ogni altra cosa al mondo, voleva fuggire dall'orrore a cui stava acconsentendo. Ma non era più una bambina. Non poteva nascondersi dietro le gonne di sua madre e lasciare che la sua famiglia e la sua casa venissero rovinate. I suoi genitori avevano sacrificato molto per lei, nel corso degli anni. Era suo dovere ricambiare quella devozione.

"No, padre," disse a bassa voce, per poi guardare il signor Banks negli occhi. Il sangue le pulsava talmente forte nelle orecchie che lei riusciva a malapena a sentire la propria voce. "Accetto le vostre condizioni."

"Livvy, non te lo permetterò." Suo padre la afferrò per le spalle e le diede uno scossone.

"Papà, *devo* farlo. Non posso permettere che tu e la mamma veniate buttati in mezzo alla strada. Posso salvarvi." Lanciò un'occhiata al signor Banks e vide che sogghignava, come se il suo dilemma famigliare fosse in qualche modo divertente per lui.

"La signora ha fatto la sua scelta, Hartwell. Viene con me. Stanotte."

"S-stasera?" Livvy si strozzò con quella parola.

"Sì, stasera."

La fredda replica del signor Banks le fece girare la testa. "Non sono pronta. Non posso—"

"Stasera," ripeté l'uomo. "Potete riempire una borsa da viaggio, ma portate solo pochi vestiti. Non ne avrete bisogno. Vi fornirò io un abbigliamento adeguato alla posizione di mia amante. E non vivrete in una casa separata: condividerete la mia dimora, in modo che io possa avervi a mia disposizione."

"Banks, razza di bastardo!" Il padre di Livvy spiccò un balzo, i pugni sollevati. Il signor Banks pareva altrettanto pronto a picchiare.

Livvy balzò tra i due, appoggiando una mano sul petto di suo padre e una su Banks per tenerli separati. "No! Signor Banks, potrei parlare da sola con mio padre, per favore?"

L'uomo abbassò i pugni e si tirò il gilet per raddrizzarlo.

"Sì. Io torno alla mia carrozza, qui fuori. Raggiungetemi quando sarete pronta."

"Arriverò subito," promise lei, incontrando lo sguardo dei freddi occhi azzurri dell'uomo. Lui accettò con un rapido cenno del capo, quindi uscì dalla stanza.

"Livvy..." La voce di suo padre si intenerì. L'uomo le appoggiò le mani sulle spalle e la attirò in un forte abbraccio. "Non devi andare."

Lei ricambiò l'abbraccio, ma aveva già deciso.

"Devo farlo, papà. Lui ci toglierà la casa. So che tu e la mamma avete risparmiato, negli ultimi anni, ma non è bastato, vero? Abbiamo perso la maggior parte della servitù secoli fa, possiamo a malapena permetterci dei vestiti nuovi e–"

"Lo so." Suo padre la interruppe, ma non bruscamente. Angoscia e rammarico smorzavano la luce nei suoi occhi. "Ma la colpa è mia. Io dovrei essere punito, non tu. Ho commesso un errore, molti anni fa. Mi sono preso la sua casa. Suo padre mi doveva quasi ottomila sterline e io..." Le parole gli morirono in gola. "Ero disperato. Avevo dei debiti da pagare, per cui li ho sfrattati. Banks doveva essere solo un ragazzo, allora, di diciassette o diciotto anni."

"Tu... tu gli hai fatto una cosa del genere?" L'orrore afferrò il cuore di Livvy, che non riuscì a incrociare lo sguardo di suo padre.

"Sì. Ho sbagliato, ma ormai è troppo tardi per fare ammenda. Quell'uomo là fuori non mi perdonerà *mai*. Non devi andare con lui. Sarà crudele. Potrebbe..." Edwin non concluse la frase.

"Non credo che la sua crudeltà sia di tipo fisico, papà." Era una sensazione, forse una sciocca speranza, ma c'era qualcosa nel signor Banks che sembrava suggerire che egli fosse dotato più di una lingua tagliente che di un pugno brutale. E Livvy poteva affrontare una lingua.

"Papà, tu ti sei preso cura di me per tutti questi anni. Lascia che sia io ad aiutarti, ora." Lo baciò sulla guancia e fuggì dal salotto prima che lui potesse fermarla.

Corse al piano di sopra, cercando di pensare a tutto ciò che doveva mettere in valigia. Quando arrivò in camera sua, prese una borsa da viaggio dall'armadio e cominciò a riempirla con calze, sottovesti, tre vestiti, un piccolo specchietto, spille per capelli, stivali neri e un paio di pantofole. Avrebbe dovuto farselo bastare. Poi trasportò la borsa al piano di sotto e si fermò mentre passava di fronte alla biblioteca. Un libro! Doveva prenderne uno. Sarebbe stato il suo unico amico, la sua unica via di fuga. Prese il libro che stava leggendo, *Lady Leticia e il Duca Oscuro*, e lo ripose con cura nella borsa da viaggio. Quindi, raggiunse la porta d'ingresso.

Suo padre apparve sulla soglia del salotto, gli occhi velati di lacrime e il volto pallido. Livvy posò la borsa e andò a dargli un ultimo abbraccio.

"Andrà tutto bene, papà. Ti scriverò dopo essermi sistemata."

"Non andare. Resta," implorò di nuovo suo padre, appoggiandole una mano al viso. Lei gliela accarezzò prima di scacciare le lacrime e fare un passo indietro.

"Di' alla mamma di non preoccuparsi." Ciò detto, Livvy scese di corsa i gradini fino alla carrozza che la attendeva.

Un bel giovane prese la sua borsa da viaggio, che assicurò al retro della carrozza, prima di aprire la portiera e aiutarla a salire. Livvy prese posto di fronte a Banks. L'uomo la guardava con occhi velati. Livvy riusciva a malapena a distinguerlo nella luce soffusa.

"E così, vostro padre ha ceduto, eh? Ho sempre saputo che era un vigliacco." Le parole sprezzanti dell'uomo lacerarono ancora più profondamente il cuore di Livvy. Senza riflettere, lei si sporse in avanti e lo schiaffeggiò.

"Sono stata io a scegliere di venire con voi. Non vi permetto di parlare in questo modo di mio padre. Siete *voi* il vigliacco, a ricattarlo in questo modo."

Banks si toccò la guancia e fulminò Livvy con lo sguardo. "Vostro padre ha provocato la morte di mia madre. Dirò quello che voglio di lui."

La madre del signor Banks era morta... Livvy si morse il labbro, incerta su cosa dire. Non voleva accettare l'idea che suo padre avesse fatto una cosa del genere.

Entrambi tacquero per un lungo istante prima che signor Banks parlasse, questa volta con voce più bassa.

"Non parleremo di lui quando voi sarete con me."

"Grazie." Livvy non aveva la sensazione di aver vinto una battaglia, ma quanto era accaduto le diede il coraggio di cercare di negoziare ulteriormente.

"Sono venuta di mia spontanea volontà e desidero stabilire i termini del nostro accordo."

Il signor Banks si sporse leggermente in avanti. "I termini sono già stati stabiliti, ma vi ascolto."

"Non direte a nessuno del mio soggiorno presso di voi. Devo salvare quel poco di faccia che posso se voglio sposarmi dopo la fine di questo... interludio." Livvy si interruppe e, quando il signor Banks non disse nulla, proseguì. "So che è impossibile non essere visti in società, ma vi chiedo di non dare sfoggio di me come se fossi un pony pregiato. E se dovessimo uscire in società, avrò bisogno di abiti decenti. Quello che ho portato con me non è adeguato. Non mi serve nulla di costoso: mi basteranno degli abiti funzionali, anche pochi." I suoi indumenti lisi avrebbero attratto molta più attenzione dell'uomo che avrebbe accompagnato. In un certo senso, una donna povera era peggio di una donna caduta. Gli uomini vedevano due generi di disperazione molto diversi in quelle donne. Di una si poteva approfittare con reciproco beneficio, dell'altra no.

"C'è altro?" chiese il signor Banks.

"Vi chiedo di non tenermi imprigionata tutti i giorni in casa. Vorrei avere la libertà di uscire, di prendere un po' d'aria fresca e di non restare intrappolata per tutto il giorno in una camera da letto." Livvy non intendeva lasciarsi trattare come un giocattolo sessuale. Aveva bisogno di un minimo di libertà, o sarebbe impazzita.

"Mi sembra ragionevole."

"Infine, come ultima richiesta: dopo che ci saremo separati, non ci cercheremo mai più. Non voglio che nulla mi ricordi i giorni trascorsi insieme. E penso che lo stesso valga per voi."

Martin le tese la mano. "Sono termini piuttosto fattibili. Accetto."

Livvy gli strinse la mano, sollevata. La situazione era più tollerabile, ora che aveva recuperato un po' di controllo della sua vita. L'uomo non le lasciò subito la mano e lei rimase turbata dal calore di quella di lui e da quanto bene combaciavano i loro palmi. Alla fine, lei sciolse la presa e lui la lasciò andare.

"Questa sera mi assicurerò che siate a vostro agio. Domani vi comprerò dei vestiti più appropriati alla vostra nuova posizione."

Quella di sua amante... Livvy chiuse gli occhi, il cuore che batteva all'impazzata. Quando li riaprì, il signor

Banks la stava guardando di nuovo. Lei si mosse irrequieta.

"Sappiate che non intendo costringervi a condividere il mio letto."

Quelle parole la colsero alla sprovvista. "Ma pensavo che...?"

"Sì, voi sarete la mia *amante*, ma questo genere di relazione non si riduce alla sola camera da letto. E, in tutta franchezza, non ho alcun interesse in una partner recalcitrante. Trovo la sola idea... sgradevole."

Livvy non sapeva cosa dire, ma prima che potesse sentirsi troppo a suo agio, l'uomo le rivolse un sorriso da lupo.

"Ma..." Lo sguardo di lui si fissò sulla sua bocca. "Sono certo che, col tempo, soccomberete al mio fascino. Non ho mai lasciato un'amante insoddisfatta." L'orgoglio con cui egli fece quell'affermazione spinse Livvy a mordersi la lingua per non dire ciò che pensava davvero. Non c'era *nulla* che egli potesse fare per convincerla a farselo piacere, figurarsi ad andarci a letto, non importava quanto l'uomo fosse attraente. Quella era una transazione d'affari. Poiché Banks aveva scelto la strada difficile e di non usarle violenza, lei avrebbe avuto un'opinione migliore di lui alla fine di quell'incubo. Nient'altro.

La carrozza si fermò davanti a una casa in Park Lane. Il signor Banks scese per primo dalla carrozza e tese la mano a Livvy. Lei sollevò il mento con aria sprezzante e si appoggiò alla portiera della carrozza.

L'uomo sbuffò con palese dispiacere. "Non fate la sciocca." La afferrò per la vita e la tirò fuori. Livvy gemette quando il signor Banks la sollevò con facilità e la posò a terra. Tremò quando i loro corpi furono premuti l'uno contro l'altro. Non era mai stata così vicina a un uomo sconosciuto. Era un'esperienza elettrizzante ed entusiasmante, eppure lei *non* voleva stare vicino a lui. Quell'uomo era un depravato, per quanto fosse attraente.

Livvy si rimproverò silenziosamente per aver permesso all'aspetto del signor Banks di distrarla. Non c'erano scuse per il comportamento dell'uomo. Tuttavia, non poteva dimenticare ciò che egli aveva detto che suo padre aveva fatto. Livvy amava suo padre, pur sapendo che egli aveva gettato quell'uomo in mezzo alla strada e condotto la madre di lui a una morte prematura.

Se posso perdonare mio padre, forse posso anche imparare, se non altro, a tollerare quest'uomo. Il suo corpo era più che pronto a tollerarlo. Si sentiva una ragazzina sciocca appena uscita dalla stanza dello studio, pronta a svenire di fronte al bell'aspetto di Banks, e disprezzava quella parte di sé che era attratta da lui in maniera tanto inspiegabile.

"Lasciatemi andare, per favore." Aggiunse *per favore* solo per sembrare a suo agio. L'uomo poteva anche averla convinta ad accettare di diventare la sua amante, ma lei non intendeva mostrare paura.

Banks la tenne stretta ancora per qualche istante, quindi la lasciò andare. Si voltò verso la casa e salì i gradini. Un maggiordomo gli aprì la porta e i due uomini ebbero una breve conversazione, con il maggiordomo che le lanciò un'occhiata prima che Martin entrasse senza nemmeno guardarsi alle spalle. Un lacchè scese i gradini e prese la borsa da viaggio di Livvy, per poi rientrare di corsa.

Livvy fissò la bella facciata palladiana del luogo in cui sarebbe rimasta fino a quando Banks non si sarebbe stancato di lei.

Spero che si stanchi di me prima, piuttosto che poi. Se egli lo avesse fatto, lei sarebbe potuta tornare a casa. A casa e alla sua vita, anche se essa sarebbe stata macchiata dallo scandalo una volta che Londra avesse saputo che lei era passata da debuttante innocente a donna caduta. Non voleva pensare allo scandalo che sarebbe scoppiato se qualcuno avesse scoperto che lei viveva con lui in quella casa, piuttosto che essere stata piazzata in un nido d'amore in una zona diversa di Londra.

Sollevò le gonne e salì i gradini della sua nuova casa. La sua gola si serrò e lei cercò di non piangere. Non gli avrebbe dato la soddisfazione di vedere le sue debolezze. Mentre entrava in casa, si ritrovò faccia a faccia con un uomo dall'aria amichevole: il signor Harris, che si presentò come il maggiordomo.

"Se doveste aver bisogno di qualcosa, vi basterà informare il sottoscritto o la signora Wilson, la governante," disse il servitore. "Il padrone mi ha riferito che avrete bisogno di una cameriera personale. Di voi si occuperà Mellie, una delle nostre migliori cameriere del piano di sopra.”

“Grazie.” Livvy si guardò attorno nell’ingresso, ma il signor Banks era già sparito. Si rilassò un poco. Forse, l’uomo l’avrebbe lasciata in pace, quella notte. Poteva solo sperarlo. Non aveva alcun interesse nel vedere il suo ‘fascino’ quella notte.

“Posso accompagnarvi nelle vostre stanze, signorina Hartwell?”

“Sì, grazie.” Livvy seguì il maggiordomo fino al secondo piano. Il servitore aprì la porta della prima stanza in cima alle scale. Il fiato di Livvy si mozzò. La stanza era decorata in stile egizio. La struttura del letto aveva dei geroglifici intagliati nel mogano e motivi a ninfee e fiori di loto dipinti a mano coprivano le pareti. Il mobile da toeletta aveva delle sfingi come gambe ed era posto vicino a un grosso bovindo. Drappi di ricca mussola blu pendevano dal baldacchino sopra il letto e un copriletto abbinato era ricamato con leoni, serpenti, sfingi e coccodrilli.

“Santo...” Livvy esalò quella parola, stordita dal mobilio squisito e dalle decorazioni stravaganti. Chiunque avesse dormito in quella stanza avrebbe sognato di essere Cleopatra in attesa di una visita da parte del suo amante, Giulio Cesare. Per un breve istante, la sua mente si colmò di immagini di lei che giaceva su quel letto in uno scandaloso abito egizio e di un uomo che stava sopra di lei, intento a togliersi un pettorale di bronzo per rivelare un petto altrettanto cesellato... un uomo che aveva l'aspetto di Banks. Arrossendo di fronte a quell'esplosione di immaginazione erotica, Livvy voltò le spalle al signor Harris.

"La stanza è adeguata?" chiese il maggiordomo.

"Sì." Livvy si schiarì la voce. "È decisamente del giusto livello."

"C'è un cordone accanto al letto. Per favore, tiratelo nel caso doveste aver bisogno di qualcosa." Lo sguardo di Harris era caloroso e gentile, e conteneva una nota di compassione, come se l'uomo sapesse che lei non era lì perché voleva esserlo. Livvy non riuscì a non chiedersi se lei non fosse la prima donna che Banks aveva ricattato per costringerla a stare lì.

"Grazie, signor Harris. Vi recherei molto fastidio se vi chiedessi del tè e biscotti? Sono molto affamata."

"Certo che no." Il maggiordomo si inchinò e attese l'ingresso del lacchè prima di uscire. Il giovanotto appoggiò la borsa di Livvy sul letto.

"Vi disfo i bagagli, signorina, o preferite aspettare una cameriera?" chiese cordialmente il servitore.

"Oh, no, posso pensarci da sola. Ma grazie." Non voleva che l'uomo vedesse le sue calze strappate e rammendate o i tessuti sbiaditi dei suoi vestiti. La vergogna le afferrò la gola. Se fosse stata costretta a indossare i suoi abiti modesti, lui e il resto della casa avrebbero visto quanto Livvy fosse inadatta a trovarsi in una casa del genere; ma voleva rimandare quel momento il più a lungo possibile.

"Molto bene. Buona notte, signorina." Il lacchè la

lasciò sola e Livvy aprì la borsa da viaggio. La vista del libro fu la benvenuta.

Lo prese in mano e se lo strinse al petto. "Il mio unico amico."

"Il vostro unico amico?" Livvy si voltò e si ritrovò di fronte il signor Banks, che ora era sulla soglia, appoggiato allo stipite. Le lampade del corridoio fuori dalla stanza di Livvy tracciavano i contorni della sagoma dell'uomo. La luce intensificava l'aria predominante di Banks e lei rabbrividì, facendo un passo indietro. Urtò il letto alle sue spalle e raggelò quando si rese conto di non poter indietreggiare senza salirci sopra.

"Dite che il vostro unico amico è un libro? Che tristezza." L'uomo si spinse via dalla porta. Non poteva essere lì da molto, ma l'aveva sentita parlare da sola.

"Dev'essere un libro molto interessante, per stringervelo al petto con tanta gelosia. Fatemelo vedere."

L'uomo le tese la mano. Per un attimo, Livvy ebbe paura che glielo avrebbe strappato di mano e lo avrebbe gettato nel fuoco.

"Non ve lo toglierò. Meritate qualche conforto fintanto che sarete qui. Ho una grande biblioteca in fondo al corridoio; è a vostra disposizione." Banks tese la mano. "Posso?"

Con un respiro tremante, Livvy gli porse il romanzo. L'uomo esaminò la costa e rise a bassa voce.

"Un romanzo gotico? Sapete, non ne ho mai letto uno. Li ho sempre trovati piuttosto frivoli."

"Non sono frivoli," ribatté Livvy, per poi fermarsi.

Non dovrei rispondergli. L'ultima cosa di cui ho bisogno è farlo arrabbiare. Capiva, dalla corporatura del signor Banks, che egli avrebbe potuto facilmente farle del male se si fosse arrabbiato, ma aveva la sensazione che l'uomo non avrebbe usato il corpo contro di lei, ma le parole.

Gli occhi fissi su di lei, le labbra dell'uomo formarono una linea sottile prima che lui parlasse. "Non vi farò del male, signorina Hartwell, se è questo ciò che temete. Sentitevi libera di esprimervi. Non mi è mai piaciuto che le mie amanti fossero timide e remissive."

Livvy era molte cose, ma sebbene non fosse una chiacchierona, non era nemmeno timida o remissiva. "Forse dovreste leggerlo, signor Banks. Un romanzo gotico può entusiasmare, e questo autore è molto bravo."

L'uomo aprì il libro e lesse un paragrafo prima di chiuderlo. "Ah, ma se io prendessi questo libro e lo leggessi, voi perdereste il vostro unico amico. Che ne direste se vi accompagnassi in biblioteca? Potrete scegliere un altro libro che vi faccia compagnia mentre io prendo a prestito questo."

La gola di Livvy si serrò mentre lei seguiva l'uomo. La biblioteca, che era in realtà una camera da letto convertita in un mondo di storie, distava solo tre porte della sua stanza ed era molto più grande di quanto lei si fosse aspettata. Scaffali colmavano le pareti dal pavimento al soffitto e ciascuno di essi era pieno di libri. Un paio di poltrone e un tavolo da lettura erano posti vicino al caminetto. Era una stanza comoda e invitante.

Livvy si recò immediatamente agli scaffali e lesse i titoli fino a quando non trovò un libro che aveva già letto in passato: *Northanger Abbey* di Jane Austen. Era una satira sui romanzi gotici, ma quella sera lei avvertiva fortemente il bisogno del conforto che le avrebbe dato la giovane eroina, Catherine Moreland.

Banks la raggiunse allo scaffale, il calore del corpo vicino al suo. "Cosa avete scelto?" chiese.

Livvy si irrigidì, aspettandosi che lui la toccasse. Quando ciò non avvenne, si voltò a fronteggiarlo.

Banks doveva proprio essere così attraente?

"Dunque?" chiese l'uomo a voce più bassa. I suoi occhi si abbassarono sulle labbra di Livvy, che si affrettò a sollevare il libro tra di loro a mo' di scudo. Il signor Banks glielo prese di mano e lo esaminò.

"Austen? Non è una scelta malvagia." L'uomo le restituì il libro.

"Austen è una scrittrice fantastica," obiettò lei. La lode tributata dall'uomo alla scrittrice le sembrava troppo debole.

Il signor Banks appoggiò la spalla allo scaffale accanto a lei e il suo sorriso si allargò. "Sono d'accordo"

Livvy svicolò. Non le piaceva per nulla che il suo corpo avvampasse ogni volta che gli era così vicina.

"Posso ritirarmi?" chiese senza guardarlo.

"Venite qui, prima."

Col cuore che martellava, Livvy si rimise di fronte a lui. Banks sollevò una mano per prenderle il mento.

"Vi ruberò un bacio della buona notte. Se non

doveste gradire, potete pure schiaffeggiarmi. Non me la prenderò con voi, ve lo prometto." L'uomo le passò l'altro braccio attorno alla vita, premendola contro di sé in modo che i loro corpi fossero stretti l'uno contro l'altro.

Livvy chiuse gli occhi e sentì le labbra dell'uomo coprire le sue. Il profumo caldo e ricco di Banks le stuzzicava il naso. Non era mai stata baciata e non sapeva cosa aspettarsi, ma l'esperienza era... piacevole. Più che piacevole. La delicata persuasione della bocca dell'uomo contro la sua le serrò il petto e le colmò il cuore di uno strano entusiasmo. Quando la lingua di lui tracciò la cerniera delle sue labbra, lei sussultò per lo stupore. L'uomo ne approfittò e le infilò la lingua in bocca. Una vampata di calore sconcertante la percorse e lei ebbe la sensazione che la terra stessa stesse tremando con lei. Le si piegarono le ginocchia e l'uomo la sorresse.

Il libro che aveva in mano cadde a terra e lei si aggrappò alla camicia del signor Banks. Una sensazione che comprendeva a malapena pulsava dentro di lei. Il tenero bacio dell'uomo si fece più intenso, quanto bastava perché lei sentisse l'intensità dell'essere intrappolata tra le sue braccia. Non le dispiacque, nemmeno mentre lui la baciava spietatamente. Quel momento aveva un che di sognante e lei non voleva tornare alla realtà e affrontare il fatto che le era piaciuto baciare l'uomo che l'aveva costretta, con il ricatto, a diventare la sua amante poco prima di Natale.

Le loro labbra si separarono. Un brivido attraversò

Livvy, ma non era un brivido di paura. Come riusciva a quell'uomo a baciarla in quel modo e a farle desiderare di più? Lei avrebbe voluto odiare lui e il suo tocco, ma così non era.

Banks le circondò il volto con le mani. "Avete un sapore così dolce e innocente. Muoio dalla voglia," disse con una voce bassa e setosa che le risvegliò i sensi.

"Ecco..." Ma lei non sapeva cosa dire.

"Sì. Ci troveremo molto bene insieme." L'uomo si chinò, prese il libro e glielo mise in mano. "Ora andate a letto prima che io cambi idea."

Livvy si voltò e fuggì dalla biblioteca, tornando di corsa nella sua stanza. Sobbalzò alla vista di una cameriera con un vassoio in mano vicino al suo letto.

"Non volevo spaventarvi, signorina," disse la cameriera con un accento scozzese. Aveva degli splendidi capelli rossi, alcuni riccioli dei quali le sfuggivano dallo chignon, e allegri occhi azzurri. Aveva con sé un vassoio di cibo, che appoggiò sul tavolo vicino al letto.

"Va tutto bene. È solo che non mi aspettavo di trovare qualcuno. Mi hai colta di sorpresa." Livvy posò il libro sul letto e lanciò un'occhiata al vassoio colmo di cibo. Il suo stomaco brontolò talmente forte che la cameriera lo sentì.

La donna ridacchiò. "Pensavo che avreste potuto avere fame, signorina. Vi ho portato della zuppa, un po' di carne, del formaggio e un po' di vino. Penserò io a disfare i vostri bagagli."

"Grazie, ehm..."

"Mellie."

"Io sono Lavinia, ma per favore, chiamami Livvy."

La cameriera arrossì. "Ma non posso! Il padrone s'infurierebbe, signorina..."

"Hartwell. Vorrei che mi chiamassi Livvy quando siamo solo noi due. Ho disperatamente bisogno di un'amica." Livvy tese una mano a Mellie. La cameriera sembrava avere un'età vicina alla sua e sarebbe stata un'alleata molto bene accetta, considerate le circostanze.

"Solo quando siamo da sole, signorina. Non voglio essere licenziata per avervi trattata con troppa familiarità," mormorò Mellie, avvicinandosi con aria complice. Quindi, afferrò la mano di Livvy e la strinse delicatamente prima di lasciarla andare.

"Ora, lasciate che vi aiuti a spogliarvi. Quindi potrete mettervi a letto a mangiare." Mellie sollevò l'unica camicia da notte che Livvy aveva messo in valigia e portato con sé.

Livvy sospirò dal sollievo mentre la cameriera la aiutava a spogliarsi. "Grazie."

Una volta che ebbe indossato la camicia da notte, sollevò le lenzuola e si mise a letto. Mellie le porse il vassoio e le mise accanto il libro.

"Ci vediamo domani mattina, signorina... ehm... Livvy." Mellie sorrise mentre si correggeva. Uscì chiudendosi la porta alle spalle.

Livvy cominciò a piluccare il formaggio e gli affettati, quindi sorseggiò il vino. Non aveva mai mangiato a letto in passato, perlomeno non di sera. C'era qualcosa di splendidamente decadente in tutto ciò. Pensò a come suo padre e sua madre riuscivano a mandare avanti la casa, ma sapeva che i suoi genitori avevano delle difficoltà. L'anno prima, il padre di Livvy aveva investito del denaro nelle miniere d'argento della Cornovaglia e, di recente, le operazioni minerarie erano state dichiarate un fallimento. La rendita delle miniere era calata a ogni mese e prima o poi si sarebbe fermata. Livvy non aveva incolpato suo padre, ma era molto scossa, ora, nel trovarsi in un palazzo come quello, a cenare a letto mentre i suoi genitori non potevano permetterselo.

Ma ne sto pagando il prezzo.

Il cibo delizioso assunse un sapore amaro, ma lei lo finì comunque e posò il vassoio sul tavolo vicino al letto. Non era così sciocca da negarsi il sostentamento, soprattutto perché si era ricordata il vero motivo per cui era lì. Prese il libro, lo aprì sulla prima pagina e si mise comoda per leggere. Era importante che trovasse un modo per distrarsi dal pensare a Banks... e alla maniera peccaminosa in cui questi l'aveva baciata.

❧ 4 ❧

Martin era seduto su una poltrona in biblioteca, a voltare le pagine del libro che Lavinia aveva portato con sé, ma la sua mente era a chilometri e chilometri di distanza. Come diamine gli era venuto in mente di portarsela a casa? Certo, lui aveva tenuto lì le altre sue amanti, cosa che sapeva essere inusuale, ma la figlia del suo peggior nemico? Avrebbe dovuto tenerla lontana, mandarla a soffrire in un piccolo cottage. Ma la giovane era splendida, fiera e... lui non voleva perderla di vista.

Era stato suo desiderio distruggere Hartwell, cacciarlo di casa. Ma quando Lavinia, una figlia di cui lui aveva ignorato l'esistenza, era corsa nella stanza, il suo cuore aveva smesso di battere. Quando aveva visto la pelle lattea della giovane, i suoi occhi color nocciola che sembravano cioccolato coperto di miele e quelle labbra rosa pallido schiuse per lo stupore, si era perso. Perso in fantasticherie di baciare quelle labbra, di toccare la pelle della ragazza e vedere quegli occhi lampeggiare di calore e desiderio mentre ella giaceva sotto di lui nel letto. Portarla via da Hartwell era stato dannatamente troppo facile. E lui sapeva, con una gioia a sangue freddo, che non sarebbe stato nemmeno necessario toccarla con un dito per ferire Hartwell. L'uomo doveva essere fuori di sé per la paura e per l'ansia, e questo a lui bastava.

Hartwell era patetico a lasciare che una ragazza tanto giovane combattesse le sue battaglie per lui. Martin tornò improvvisamente serio quando il passato riemerse e lo travolse. Helen, la sua gemella, un tempo lo aveva difeso coraggiosamente, arrivando persino a combattere un duello contro il proprio futuro marito per salvare la vita di Martin. All'epoca, lui aveva solo ventun anni, era solo un ragazzo sciocco, ma aveva già commesso troppi errori.

Un uomo dovrebbe combattere da solo le sue battaglie. Se Hartwell era troppo vigliacco per farlo, Martin avrebbe continuato a usare Lavinia come pagamento. Non aveva alcuna intenzione di fare del male alla ragazza, naturalmente. Lei aveva un carattere dolce, ma nei suoi occhi c'era un fuoco che lui non voleva vedere estinguersi.

Voleva riuscire a convincerla a entrare nel suo letto. Il malvagio di cui aveva interpretato la parte a casa di Hartwell non era l'uomo che lui era davvero. Martin era rinsavito a sufficienza da ricordarselo, anche se lei costituiva una tentazione a cui la maggior parte degli uomini non sarebbe riuscita a resistere. Il bacio che avevano condiviso quella sera aveva dimostrato che la giovane aveva delle reazioni nei suoi confronti. Non era rimasta immobile, né lo aveva respinto. Aveva ricambiato il bacio. Stava forse vivendo con lui una qualche fantasia perversa ispirata da uno dei suoi romanzi gotici? In tal caso, forse Martin avrebbe potuto sfruttare la cosa a suo vantaggio.

Il suo corpo si indurì al pensiero di dove avrebbero condotto quei baci futuri. Era un ottimo amante e, sebbene per la maggior parte degli uomini un'affermazione del genere fosse pura vanteria, Martin sapeva che era vero. Aveva trascorso anni a imparare l'arte della seduzione, l'arte di dare piacere a una donna prima che a se stesso. C'era una gratificazione immensa nel sapere di poter far sì che qualunque donna lo desiderasse e che solo lui poteva soddisfarne le necessità.

Dimostrerò a Lavinia quanto ciò possa essere splendido.

Posò il libro e si alzò dalla poltrona. Aveva promesso che l'avrebbe lasciata in pace quella notte, ma non c'era nulla di male nell'assicurarsi che fosse a suo agio, giusto? Martin uscì dalla biblioteca e raggiunse la stanza di Lavinia. Riusciva a vedere una luce sotto la porta, ma l'aveva mandata a letto tre ore prima. Era ancora sveglia? Provò la maniglia e scoprì che la porta non era chiusa a chiave. La aprì di uno spiraglio e sbirciò nella camera da letto. Alcune candele bruciavano ancora basse. Entrato in punta di piedi, Martin spense una candela con un soffio, quindi ravvivò il fuoco e aggiunse diversi ciocchi di legno. Non riusciva a dimenticare quanto era stata fredda la casa di Hartwell e non voleva che Lavinia avesse freddo, quella notte.

Si recò poi al letto, dove l'ultima candela era ancora accesa su un tavolo accanto al letto. Lavinia dormiva della grossa, il libro ancora aperto sulla terza pagina. Martin le tolse delicatamente il libro dalle mani, lo posò sul tavolo e la guardò. La giovane aveva un aspetto terribilmente innocente, con i capelli sciolti e il volto ammorbidito dalle ombre. Lui era stato così innocente a quell'età?

Sembrava che una vita lo separasse da Lavinia, invece che dieci anni. Eppure, lui sapeva che lei non era una bambina. Era una donna adulta, che lui bramava. E tuttavia, piuttosto che sentire risvegliarsi in lui il desiderio, Martin fu colmato da uno strano istinto di protezione. Non riusciva a non pensare a cosa avrebbe fatto se fosse stato al posto di Lavinia, se avesse potuto offrire se stesso in qualche modo, se avesse saputo che ciò avrebbe salvato la vita di sua madre. Martin avrebbe fatto esattamente quello che aveva fatto Lavinia. Le rimboccò le coperte fino al mento, volendo assicurarsi che fosse abbastanza al caldo. Quindi le scostò dalla fronte una ciocca di capelli prima di chinarsi, spegnere la candela e lasciarla dormire.

Mentre tornava nella sua stanza e lasciava che il suo valletto lo spogliasse, Martin si guardò allo specchio. Aveva un cipiglio sulle labbra che era lì da secoli. La paura che aveva visto negli occhi di Lavinia lo aveva turbato.

"Byrd," disse mentre il suo valletto gli slacciava i bottoni dei polsini.

"Sì, signore?" rispose l'uomo, il capo chino mentre si concentrava sul suo compito.

"Tu mi trovi imponente?"

Byrd lo guardò. "Imponente, signore?"

"Ti metto paura?"

Byrd inclinò la testa, le labbra schiuse mentre esitava.

"Avanti, Byrd. Non sono in collera." Martin si fermò; non voleva suonare come se desse alla cosa troppa importanza, ma il giusto. "Pensavo alla signorina Hartwell. Non voglio spaventarla, ora che è qui."

"Ah." Byrd si rilassò e fece un passo indietro per lasciare a Martin lo spazio per sfilarsi la camicia.

"Credo che a volte siate un po' minaccioso, signore, ma probabilmente è perché siete abituato ad avere a che fare con uomini d'affari che vi taglierebbero la gola se voi non prestaste attenzione. Anche le altre ospiti di sesso femminile erano abituate a voi e alle vostre maniere. Ma la signorina Hartwell... Beh, lei è una signora fatta e finita, vero?"

"Sì. Proprio così." Byrd aveva ragione. Le cantanti d'opera, le donne di mondo e le cortigiane sapevano come comportarsi con gli uomini, ma Lavinia non faceva parte di quel mondo. Non era mai rimasta sola con un uomo, né era mai stata baciata. Se Martin voleva portarsela a letto, la sua seduzione avrebbe dovuto essere lenta e prudente.

Byrd prese di nuovo la parola. "Posso darvi un suggerimento?"

Martin annuì.

"Beh, le signore, non importa quale sia il loro rango, amano i doni. Fiori, gioielli, dolci, abiti. E amano essere corteggiate. Portatela a cavallo, all'opera o a teatro. Alle signore piace divertirsi un poco."

Byrd, che gli venisse un colpo, aveva ragione. Lavinia non era suo padre e il fatto che si fosse trasformata in un agnello sacrificale per i debiti dell'uomo non significava che meritasse di essere maltrattata. Dal canto suo, Martin non aveva mai avuto intenzione di trattarla male, ma nemmeno si era soffermato a pensare a ciò che avrebbe fatto di lei.

"Grazie, Byrd. Mi hai dato un buon consiglio." Martin sorrise al suo valletto. "Credo di potermela cavare da solo, da qui in poi. Vai pure."

Byrd gli prese gli stivali e lo lasciò solo. Martin si tolse i pantaloni e le calze prima di mettersi a letto. Spense la candela con un soffio e giacque supino, le braccia piegate dietro la testa mentre guardava il soffitto del letto a baldacchino.

Il viso di Lavinia infestava la sua mente. Lui non avrebbe mai dimenticato il coraggio da lei dimostrato nell'accorrere in aiuto del padre.

Mi ha ammaliato. Era una missione pericolosa, quella. Ma lui si sarebbe stancato di Lavinia come si era stancato di tutte le altre e presto, ne era sicuro, l'avrebbe rimandata a casa sua. Quando il sonno, finalmente, lo colse, Martin fu tormentato da sogni, o piuttosto da incubi, che continuavano a ripetersi. Hartwell che distruggeva la sua vita, sua madre che collassava, suo padre distrutto e sconfitto. E lui che faceva lo stesso a Lavinia.

Non sono dunque migliore di suo padre? Ma non poteva rimandarla a casa. Il dado era tratto. L'aveva baciata e aveva assaporato la sua dolce passione come i petali di una rosa in primavera. Anche se ciò lo avesse reso un farabutto, lui voleva di più.

Voi siete mia, Lavinia. Semplicemente, ancora non lo sapete.

LIVVY DORMÌ SENZA SOGNARE, SENZA PREOCCUPARSI. All'arrivo dell'alba, Mellie aprì le tende alla finestra e Livvy ricordò tutto ciò che era accaduto la sera prima.

"Avete dormito bene, Livvy?" chiese la cameriera mentre si dava da fare per la stanza e cominciava a scegliere gli indumenti che Livvy avrebbe indossato.

"Ecco... Sì." Livvy non riusciva a crederci, ma era vero. Lì, in quello splendido letto, aveva dormito senza pensieri. Com'era possibile?

"Volete fare il bagno questa mattina o questa sera?"

"Ehm... Questa sera." Livvy si stiracchiò e sospirò prima di spingere via le coperte e alzarsi dal letto. La cameriera la aiutò a indossare un abito da giorno di mussola color lilla e delle scarpette bianche.

"Come volete i capelli, signorina? Conosco parecchie acconciature." Gli occhi di Mellie brillavano nel riflesso nello specchio del mobile da toeletta.

"Mi piacerebbe molto qualcosa che sia alla moda. Com'è che portano i capelli le signore?" Livvy aveva partecipato a pochi balli da quando aveva fatto il suo debutto ed era stata così distratta dalle danze da non aver avuto il tempo di concentrarsi sulle acconciature altrui.

"Qualche ricciolo davanti, su entrambi i lati, e un complesso chignon sul retro." Melli prese la spazzola d'argento dal comodino e cominciò a pettinarle i capelli. Una volta finito, tenne sollevato lo specchio per Livvy, che esaminò i risultati.

"Oh, è splendido! Grazie!" Livvy posò con cura lo specchietto sul mobile.

"La colazione dovrebbe essere già pronta, se desiderate mangiare," disse Mellie. "Sarei felice di accompagnarvi in sala da pranzo."

Livvy seguì la domestica al piano di sotto e fu indirizzata verso un elegante sala da pranzo. Le pareti color carta da zucchero e la zoccolatura bianca davano alla stanza un'atmosfera ariosa, sottolineata dal grande tavolo apparecchiato per la colazione.

Alcuni scaldavivande tenevano in caldo il cibo su una vicina credenza. L'offerta comprendeva fette di prosciutto, capperi e uova. C'erano anche del pane tostato e dell'acqua calda per il tè. Livvy era così distratta da tutto ciò che non notò immediatamente la presenza di Banks a tavola.

Si immobilizzò quando si voltò e lo vide. Un piatto vuoto era posto sul tavolo di fronte all'uomo, che aveva anche una tazza di tè vicino a sé mentre leggeva il giornale.

"Venite a mangiare." Era un ordine, ma il tono di voce di Banks era gentile. Quando egli non la guardò, Livvy si rilassò e prese un piatto vuoto dalla credenza.

Una volta che si fu seduta con la sua colazione, sbirciò ciò che lui stava leggendo: le pagine finanziarie del *Morning Post*. Un attimo dopo, l'uomo si accorse che lei lo stava guardando e posò il giornale per fissarla a sua volta.

"Voi siete un uomo d'affari?" chiese a bassa voce Livvy.

"Sì." Il signor Banks angolò il corpo nella sua direzione e il suo sguardo la fece sentire a disagio, anche se non in maniera del tutto sgradevole.

"Avete denaro nei fondi di investimento?"

A quelle parole, l'uomo inclinò la testa. Sembrava vagamente sorpreso. "È da lì che deriva la maggior parte del mio patrimonio. Avete familiarità con essi?"

Livvy mordicchiò un pezzetto di pane tostato e annuì. "Mio padre preferisce investire in attività, ma io ritengo più sicuri i fondi. Ho cercato di convincerlo a investire in obbligazioni e annualità indiane, l'anno scorso. Lui non l'ha fatto, ma il mio istinto era corretto:

le obbligazioni che gli avevo consigliato hanno reso il 4,8%."

"Era davvero un buon consiglio," concordò Banks, lo sguardo degli occhi azzurri ancora fisso su di lei. "In cosa ha investito vostro padre?"

Lei sospirò. "Nell'argento. È un mercato molto instabile e, in questo periodo, è molto difficile trarne profitto." Livvy sorseggiò la sua tazza di tè, inalando l'allettante aroma della bevanda.

Le labbra di Banks si contrassero nell'ombra di un sorriso. "Ancora una volta, avete ragione."

"E la cosa vi stupisce, vero?" chiese lei. In passato, aveva conosciuto abbastanza giovani debuttanti da sapere che le sue conoscenze in materia d'affari non erano tipiche di una giovane donna.

"Sì, ma mi rende anche molto felice. Credo proprio che le nostre conversazioni mi piaceranno. Le mie amanti passate erano istruite in altri ambiti: musica, letteratura e arte. E sebbene queste cose fossero piacevoli, non erano sufficienti a stimolarmi."

Livvy fece una smorfia nel sentire la parola *amante*. Era lì – con riluttanza – per quello scopo, ma la sensazione che esso le dava non le sarebbe mai piaciuta. Voleva essere amata da un uomo, non usata. Qualunque cosa accadesse tra loro, non avrebbe permesso al signor Banks di trasformarla in qualcosa che lei non voleva essere. Era lei ad avere il controllo della rapidità con cui sarebbe progredita la loro relazione, se mai sarebbe progredita.

"Potremmo evitare di usare la parola *amante*?" chiese.

L'uomo chiuse il giornale e si appoggiò allo schienale della sedia. "Sarò felice di chiamarvi in qualunque modo vogliate, ma questo non cambia il fatto che siate qui per servirmi in tale guisa."

Livvy trasse un respiro profondo, cercando di rinsaldare i nervi e sedare uno scoppio d'ira. Ma non aveva nulla da dire a sua difesa. L'uomo aveva ragione. Lei aveva accettato di venire lì per diventare... *sua*.

"Sarebbe più accettabile se vi definissi la mia accompagnatrice?" Era come se egli le avesse letto nel pensiero. Il calore invase il viso di Livvy e il signor Banks fece un sorrisetto, ma stranamente, quell'espressione non sembrava tanto crudele quanto sbarazzina e provocante. La mise a suo agio più di quanto lei si fosse aspettata.

"Credo che *accompagnatrice* sarebbe gradevole, purché continuiate a concordare che non sarò costretta a condividere il vostro letto."

"La scelta è e rimarrà sempre vostra, ma credo che sarete tentata." Lo sguardo intenso e ardente dell'uomo la fece innervosire, non perché avesse paura di lui, ma perché temeva che sarebbe stata tentata davvero.

"Cosa...?" Livvy si interruppe e decise di cambiare argomento. "Cosa avete in programma per oggi? Dovrò restare qui ad aspettarvi?"

"*Noi* abbiamo in programma di andare a fare acquisti. Quegli stracci che avete addosso non sono minimamente accettabili e non avete abiti invernali degni di tale nome. So che mi vedete come un bastardo, ma non sono crudele. Potrete avere bei vestiti, gioielli, qualunque cosa desideriate."

Tranne la libertà.

Banks rimase con lei mentre Livvy finiva la colazione, aprendo ancora una volta il giornale per leggere. Una volta che ebbe finito una sezione del giornale, le lanciò un'occhiata.

"Gradite...?" L'uomo accennò al giornale. "Mi faccio recapitare il *Morning Post* tutti i giorni, ma sarei felice di procurarmi qualunque altro giornale gradiate leggere. Mi pare di capire che molte signore preferiscano la *Quizzing Glass Gazette*."

"Il *Post* va benissimo." Livvy prese il giornale e trascorse un po' di tempo a leggerlo. Nel corso della mezz'ora successiva, i due fecero a turno a condividere il giornale, si passarono il vassoio del pane tostato e si scambiarono persino un sorriso quando fecero entrambi per prendere il burro nello stesso momento. Era come se avessero condiviso la colazione molte volte, godendosi un silenzio amichevole come avrebbe fatto una coppia felicemente sposata. Livvy finì di mangiare e un lacchè sparecchiò i loro piatti.

Il signor Banks si alzò. "Prendete il mantello. Andiamo in Bond Street."

"Signor Banks–"

"Martin, per favore. Insisto, Lavinia." L'uomo le tenne aperta la porta della sala da pranzo mentre uscivano. Se egli voleva aumentare la familiarità tra di loro usando i nomi di battesimo, lei avrebbe fatto lo stesso.

"D'accordo, ma vi prego di non chiamarmi Lavinia."

Le sopracciglia d'oro scuro di Martin si sollevarono. "No?"

"È il nome con cui mi chiamano i miei genitori quando sono in collera con me. Io preferisco Livvy."

"Livvy." L'uomo sorrise. "Mi piace molto di più. Avevo una prozia da parte di madre che si chiamava Lavinia. Era una vecchia ascia da guerra."

"Che cosa terribile da dire," esclamò Livvy; ma Martin rise.

"Fidatevi, lei lo avrebbe preso per un complimento. Se i Vichinghi di un tempo invadessero di nuovo l'Inghilterra, la mia prozia sarebbe lì a fermarli da sola." L'uomo mimò il gesto di sferrare un colpo con un'ascia da battaglia e la sua espressione da marachelle fu così inaspettata che Livvy ridacchiò. Per un attimo, dimenticò completamente che lui l'aveva di fatto comprata, come avrebbe potuto fare con un cavallo. La sua risata morì e il sorriso dell'uomo svanì.

"Signore, la carrozza è pronta," annunciò il signor Harris.

"Andate a prendere il mantello." Martin indicò le scale, ma lei lo aveva anticipato e si era già incamminata. Tornò col mantello in mano e lui la aiutò a indossarlo.

"Grazie," disse Livvy, arrossendo prima di seguire Martin mentre uscivano di casa. La carrozza dell'uomo era dipinta di blu e di nero, un dettaglio che lei non aveva notato la sera prima. Martin le tese la mano e lei premette il palmo della sua in essa, in modo che l'uomo potesse aiutarla a salire. Una volta che ebbero preso posto, Martin prese un bastone che era riposto in un angolo del suo sedile e lo usò per tamburellare sul tetto della carrozza. Il cocchiere mise subito in movimento i cavalli.

"Davvero mi comprerete un guardaroba nuovo?"

"Sì. Se non ricordo male, era una delle vostre condizioni. Io sono un uomo d'onore, nonostante quello che voi potreste pensare." Lo sguardo di Martin era concentrato sulla strada fuori dalla finestra, ma lei aveva la sensazione che le stesse assicurando ancora una volta che non intendeva costringerla a fare nulla, a letto o fuori da esso, quando lei era con lui. Per un breve istante, Livvy si chiese se l'uomo non fosse davvero un farabutto come lei credeva, ma anzi un brav'uomo che cercava disperatamente di comportarsi da uomo cattivo perché credeva di aver bisogno di vendicarsi.

"Grazie," mormorò Livvy.

"È un piacere. Credo negli scambi equi e le vostre richieste erano molto ragionevoli."

Per quanto lei non volesse ammetterlo, sarebbe stata felice di procurarsi qualche abito nuovo, magari un mantello più spesso e delle calze che non erano così lise.

Lei e Martin non parlarono per il resto del tragitto. Livvy aveva delle domande da porre, ma non fece nessuna. Quando arrivarono in Bond Street, Martin la aiutò a scendere dalla carrozza e disse al cocchiere di tornare tre ore più tardi. Quindi, le offrì il braccio. Livvy gli infilò una mano attorno alla manica, camminando con prudenza sul marciapiedi ghiacciato. Il vento gelido le strappò un sussulto, ma lei sapeva che presto sarebbe tornata al coperto.

"Eccoci qua." Martin si fermò di fronte a una modisteria dall'aria costosa, con un nome a lei conosciuto.

"Quella della signora Benson è una sartoria di pregio. È troppo per me!" protestò Livvy. Alcuni passanti la fissarono. Martin si limitò a contrarre le labbra e ad aprire la porta. Livvy arrossì completamente, ma entrò nel negozio e lui la seguì.

L'interno del negozio era accogliente, caldo e illuminato da dozzine di lampade, che mettevano in evidenza le balle di seta costosa e di mussola colorata. Una donna di bell'aspetto, con un abito blu scuro, emerse dal retro e sorrise quando li vide.

"Signor Banks! Che piacere rivedervi."

L'espressione cupa di Martin svanì di fronte al sorriso genuino della negoziante.

"Signora Benson, è passato davvero troppo tempo." C'era una familiarità intima nello sguardo di Martin; non di amore, ma di amicizia. La donna rivolse la propria attenzione a Livvy.

"E chi è questa giovane donna?"

"La signorina Hartwell." Martin non aggiunse altro, ma Livvy deglutì un'ondata di vergogna quando si ritrovò di fronte alla modista.

"Capisco." Il tono della signora Benson non era di disapprovazione, ma energico, come se ella stesse già pensando agli abiti di cui avrebbe avuto bisogno Livvy. "Il solito, signor Banks? O magari qualcosa di un po' speciale?" La signora Benson prese a camminare in cerchio attorno a Livvy, guardandola con occhio critico come avrebbe fatto un'artista con una tela bianca.

Martin si accarezzò il mento. "Forse è il caso di fare qualcosa di speciale. Lei non è... come le altre."

Livvy chiuse gli occhi per un istante, mordendosi la lingua. Era un insulto o un complimento? Onestamente, lei non voleva saperlo.

"Direi proprio di no," mormorò la signora Benson mentre tornava a mettersi di fronte a Livvy; il suo improvviso, ma piccolo sorriso rimase nascosto a Martin, che era alle sue spalle. "È splendida e innocente, e immagino sia dolce. Le altre... non erano così." La signora Benson agitò una mano all'indirizzo di Martin. "Sedetevi e lasciate che trovi qualche abito pronto adatto a lei. Poi, dopo che avremo soddisfatto le necessità, potremo progettare qualche abito su misura."

"Ottimo." Martin oltrepassò Livvy per sedersi su una sedia vicino a tre specchi e a una piccola piattaforma rialzata. Lei sapeva che presto avrebbe preso posto sulla piccola piattaforma, sentendosi addosso gli occhi di Martin mentre egli la vestiva come voleva.

"Da questa parte." La signora Benson le fece segno di spostarsi dietro un paravento. Presto, la donna tornò con diversi abiti di vari colori.

"Proviamo qualcuno di questi. Vi prenderò le misure per il resto."

Livvy scelse il primo abito in cima alla pila che la signora Benson le aveva messo di fronte. Sospirò pesantemente. Era uno splendido abito da sera di seta azzurra come un cielo estivo. Livvy non riusciva a non andare in estasi di fronte a quegli abiti costosi. Non c'era nulla di più bello al mondo che sentire il dolce scivolare della seta sulla pelle o piroettare davanti a uno specchio coi merletti delle sopragonne che scintillavano alla luce delle candele. A tutte le donne piaceva sentirsi belle e Livvy non faceva eccezione. Quegli abiti erano molto al di sopra di quelli che avrebbe scelto da sé. Costosi, ben confezionati. Lei avrebbe potuto persino tenerseli... come pagamento per essere la mantenuta di Martin.

Il sorriso sognante le morì sulle labbra. Come avrebbe fatto a uscirne con l'orgoglio intatto?

Martin si appoggiò allo schienale della sedia, sorseggiando il tè che gli aveva portato la commessa. Si era seduto su quella sedia in più di un'occasione, osservando le sue amanti che provavano vestiti, lanciavano sorrisi ammiccanti o battevano le ciglia, nella speranza di ottenere un paio di stivali o di guanti di velluto in più. Lui aveva sempre ricambiato il sorriso e ceduto, comprando alla signora in questione qualunque cosa ella desiderasse.

La signora Benson aveva ragione. Questa era una situazione diversa.

Livvy era innocente e dolce, ma non era una donna facile da manipolare. E a lui la cosa piaceva. Non era mai stato attratto dalle donne che si inchinavano e strisciavano in segno di deferenza davanti agli uomini.

Il suo sguardo si rivolse verso il paravento quando un

movimento attirò la sua attenzione. La signora Benson uscì, un ampio sorriso sul volto mentre agitava una mano per convincere Livvy a fare lo stesso. Quando la giovane sbucò da dietro al paravento e si mise sulla piattaforma di fronte agli specchi, il fiato di Martin si mozzò. Il suo cuore accelerò i battiti dal desiderio mentre fissava lo splendido abito che si aggrappava alla dolce curva dei fianchi e dei seni di Livvy. La giovane abbassò timidamente la testa di fronte al suo continuo fissare, ma a lui non importava. Voleva pascersi, saziarsi di quella visione.

"L'abito è perfetto in lunghezza e non ha bisogno di essere aggiustato," disse la signora Benson, indicando i vari elementi che componevano il vestito. Il nastro arancione attorno alla vita aggiungeva un tocco di colore all'abito azzurro e metteva bene in vista i seni della giovane. Il tessuto era seta cangiante, che valorizzava il profilo di Livvy.

"Cosa ne pensate, Livvy? Vi piace?" chiese Martin.

La giovane esitò, come se la domanda l'avesse sconvolta. "Ma... sì. Adoro i colori," ammise arrossendo. La sua pelle di alabastro prese colore, assumendo una deliziosa sfumatura di rosa, e Martin si chiese se anche il resto di lei sarebbe arrossito così piacevolmente mentre giaceva sotto di lui, contorcendosi dal piacere.

"Signora Benson, lo prendiamo. Cos'altro avete? Lei avrebbe bisogno di diversi abiti da sera nuovi, tanto per cominciare, e di un mantello, stivali, guanti, scarpe, sottovesti e calze, immagino. Oltre ai soliti indumenti da notte."

La signora Benson annuì. "Abbiamo diverse camicie da notte che credo saranno perfette." La donna si recò a un ripiano e prese una scatola, sollevò il coperchio e disfece l'involto di carta velina per mostrare una camicia da notte diafana. Il materiale era così trasparente che Livvy ebbe un sussulto. Martin ridacchiò. L'espressione di paura e scandalo sul volto della giovane era comica. Lei sapeva che lui l'avrebbe vista tutta sotto il tessuto sottile, ma lei avrebbe imparato ad apprezzarlo. Una volta che gli avesse permesso di insegnarle le gioie che lui aveva da offrire, sarebbe stata entusiasta di indossarla.

"E questo?" La signora Benson mise da parte la camicia da notte e prese un mantello ricamato blu scuro e oro, bordato di ermellino attorno al cappuccio. Lo avvolse attorno a Livvy e sollevò il cappuccio per fare una prova.

Martin annuì. "Sì, è perfetto." Allungò una mano per accarezzare la pelliccia del cappuccio e Livvy cercò di voltarsi, le guance ora rosso scuro.

"Avete un aspetto squisito," disse lui. "Non dovreste nascondervi, non da me."

Il fuoco che arse all'improvviso negli occhi della giovane lo stupì. "Non è necessario che mi ricordiate che vi appartengo."

Martin si accigliò. "Volevo solo dire che dovreste

godere di questi vestiti. Non lasciatevi intimidire solo perché vi sto guardando." Nonostante le circostanze inusuali, Martin voleva che lei abbracciasse la propria passione e fosse orgogliosa della sua bellezza, perché bella lo era davvero.

"Di cos'altro avete bisogno? Qualche vestito da ballo, un completo da equitazione?" chiese.

"Signor Banks, ho dei figurini dal *Lady's Magazine*, se gradite," disse la signora Benson.

"Sì, grazie." Martin aiutò Livvy a scendere dalla piattaforma e insieme raggiunsero la modista al bancone per osservare i figurini. All'inizio, Livvy si morse la lingua, ma Martin continuò a stimolarla con delle domande e presto lei cominciò a discutere con entusiasmo di tagli di tessuto, bordi e di una varietà di vestiti: da mattina, da passeggio, da opera, abiti da sera. Aveva dimenticato di quanti tipi di abiti avesse bisogno una donna. La spesa non era importante; era lo sforzo richiesto quello che lui trovava sconcertante.

"Che ne pensate, signor Banks?" Livvy indicò un figurino raffigurante un abito da sera. Il figurino era colorato; senza dubbio, era stata la signora Benson a colorarlo, per attirare i clienti. "Dice che si può fare in qualunque colore. Blu vescovo, o magari anche marrone Devonshire?

"Marrone Devonshire," rispose Martin. Quel ricco color marrone aveva una sfumatura rossastra che avrebbe sottolineato il colore dei capelli scuri e i caldi occhi nocciola della giovane. Martin non riuscì a non pensare all'ultima volta in cui era stato in quel negozio, con Stella, la cantante d'opera. Lei gli avrebbe mormorato all'orecchio quanto sarebbe stato bello, per lui, toglierle il suo vestito nuovo.

Martin si levò di dosso il ricordo e si concentrò su Livvy e sul modo dolce e speranzoso in cui guardava i vestiti. Non c'era nessuna pretesa di civetteria, nessuna subdola seduzione. La giovane donna era aperta e onesta nelle sue emozioni, comprese quelle negative. E in quel momento, stava fissando l'abito marrone Devonshire con tale desiderio da fargli venire voglia di darle il mondo su un vassoio d'argento.

"Ottima scelta, signor Banks, davvero ottima," disse la modista. "Ecco fatto. Siamo a posto coi vestiti."

Martin era deluso del fatto che fosse tutto finito. Avrebbe preferito di molto restare lì e guardare Livvy provare un'altra dozzina di vestiti, magari anche mostrarle delle calze di seta e... Interruppe quei pensieri prima che la sua eccitazione arrivasse a un punto tale da sfuggire al suo controllo.

Non sono un mostro. Sono un gentiluomo e lei è la mia accompagnatrice. Non la toccherò se non sarà lei a chiedermi di toccarla.

Livvy ringraziò la donna e passò a un'esposizione di borsette. Martin la osservò divertito mentre ne apriva diverse, osservandole da vicino, per poi voltarsi verso di lui stringendosene una al petto; ma la giovane arrossì quando parve rendersi conto che era stata sul punto di chiedergli di comprargliela.

"Portatela qui." Martin sorrise e il suo cuore spiccò uno strano balzo quando lei lo raggiunse e aggiunse la borsetta verde scuro al mucchio.

"Grazie," disse timidamente lei.

"Di nulla," rispose Martin. Disprezzava il padre della giovane, ma fino a quando lei sarebbe rimasta con lui, la sua felicità era importante. Una donna felice fuori dal letto corrispondeva di solito a un'amante giocosa e appassionata *nel* letto.

"Farò consegnare gli altri abiti verso la fine della settimana prossima." La signora Benson e la sua commessa impacchettarono i vestiti e gli altri articoli in splendide scatole colorate. Martin chiamò la carrozza per farvi caricare dentro gli articoli. Insistette perché il mantello rimanesse fuori e lo mise sulle spalle di Livvy. Quindi ringraziò la signora Benson e uscì in strada.

"Dove andiamo adesso?" chiese Livvy.

"Credo di conoscere il posto giusto." Martin la aiutò a salire sulla carrozza, ma non le rivelò la loro destinazione.

"Piccadilly, per favore," disse al cocchiere prima di raggiungerla nella carrozza.

La carrozza li lasciò davanti al numero 187 di Piccadilly, di fronte a un negozio di nome Hatchard's. Livvy guardò le vetrine del negozio e si rese conto di dove lui l'avesse portata. I suoi splendidi occhi si illuminarono di lacrime.

"Libri?" ansimò, un sorriso delicato che le sfiorava le labbra.

"La mia biblioteca, sebbene molto fornita, non contiene molti libri di svago. Pensavo che avreste potuto aiutarmi ad ampliare la mia collezione. Accettate la sfida?" Dopo la sera prima, Martin aveva sensazione che dei libri avrebbero rallegrato Livvy.

Lei annuì con entusiasmo e corse praticamente alla porta. Ancora una volta, il cuore di Martin palpitò in maniera bizzarra quando lui vide la gioia sul volto della giovane. La seguì all'interno del negozio e si fermò ad assimilarne l'atmosfera da club. C'era un caminetto coi quotidiani vicini, pronti per essere letti. Lungo le pareti erano disposte delle panchine, in modo che i servitori potessero attendere i loro padroni e padrone. Il negozio era caldo e invitante e diverse persone erano entrate per sfuggire al pungente inverno londinese. Livvy stava già prendendo libri dagli scaffali e tornò da lui con una pila che le arrivava al mento.

"Posateli. Vediamo." Martin indicò due poltrone vicino al fuoco e scostò i giornali. Livvy appoggiò i libri e prese il primo romanzo, porgendoglielo.

"*Il figlio scartato* di Roche?"

"È un romanzo dell'orrore; pensavo che avreste potuto preferirli ai romanzi gotici."

Martin ridacchiò. "Niente *Misteri di Udolfo*, eh?" Aveva sentito parlare più volte dei romanzi gotici della signora Radcliffe, ma non ne aveva mai letti.

Livvy si morse il labbro. "No, a meno che voi non lo vogliate."

"Poi cosa c'è?" Martin prese un altro libro. "*Attaccamento reciproco?*"

"Ah, quello è..." Livvy cercò di togliergli di mano il libro, ma lui lo tenne fuori dalla sua portata.

"Un romanzo d'amore?" chiese Martin mentre sfogliava le pagine.

"Sì. Pensavo potesse essere adatto a me."

"In tal caso, dobbiamo acquistarlo, naturalmente." Martin prese il libro successivo e si rese conto che si trattava in realtà di un terzetto di volumetti sottili rilegati in cuoio e dai bordi dorati.

"*Glenarvon.*" La giovane mormorò il titolo a bassa voce, palesemente scandalizzata, a giudicare dal rossore delle sue guance.

Martin ridacchiò di nuovo, accarezzando la costa del primo volume. "Il poco sottile libro di rivelazioni di lady Caroline Lamb. Ho sentito dire che il personaggio del titolo corrisponde a lord Byron. L'autrice pensava che il romanzo avrebbe resuscitato la sua defunta vita sociale, ma esso ha avuto l'effetto contrario."

"Sì, proprio così. Ma ho sempre voluto leggere questi libri." Livvy raccolse il resto dei libri e lui li prese in mano.

"Permettetemi. Per favore, date un'altra occhiata e assicuratevi che non ce ne siano altri che gradireste che io acquisti."

"Questi sono già molti."

Martin inarcò un sopracciglio. "Siete sicura? Non è un problema. Posso permettermene degli altri."

Livvy si morse il labbro in quella maniera che lo colmava del desiderio di prenderla tra le braccia, ma lui resistette. "Forza," la incoraggiò, facendole segno di andare.

Livvy tornò agli scaffali, la testa inclinata per leggere meglio le coste. Martin portò i libri scelti a un commesso della libreria, che cominciò a impacchettarli e a tabulare i prezzi. Quando Livvy tornò con una seconda pila di libri, il commesso aveva gli occhi spalancati per un gioioso stupore. Martin chiamò di nuovo la carrozza e fece caricare con cura i volumi in un baule nella parte posteriore del veicolo.

"Dove andiamo adesso?" chiese Livvy, che era decisamente più allegra di prima.

"Dobbiamo ancora andare da un calzolaio e in un negozio di cappelli. Poi, dovrò svolgere una commissione mentre voi rimanete in casa."

Il sorriso di Livvy si spense un poco, ma la giovane non obiettò. Martin non poteva dirle di quella commissione segreta. Se avesse potuto portarla, lo avrebbe fatto, ma le donne non partecipavano alle aste dei cavalli da Tattersall's.

Le comprerò la giumenta più bella di Londra e lei cavalcherà con orgoglio accanto a me a Hyde Park.

Due ore più tardi, riportò Livvy a casa. Ci vollero tre lacchè per trasportare le enormi scatole di cappelli, vestiti e scarpe, per non parlare dei pacchi di libri. Una volta che la carrozza fu vuota, Martin istruì il suo cocchiere su dove portarlo.

Il cortile delle aste di Tattersall's consisteva in numerose scuderie, stalli individuali e in un recinto per vedere muoversi i purosangue in vendita. Martin oltrepassò il recinto e notò un busto di re George IV nella cupola centrale. Nonostante il freddo, c'erano parecchi uomini che guardavano i cavalli nel recinto.

"Banks!" esclamò qualcuno.

Martin si voltò e vide un volto familiare. "Lord Sheridan!" Strinse la mano di Cedric Sheridan. Il visconte sorrise e indicò il recinto.

"Siete qui per comprare un cavallo? In tal caso, ne avrei uno da vendere."

"A dire il vero, sì." Martin seguì la direzione in cui puntava il dito di Cedric. Laggiù, una giumenta grigia screziata con la criniera e i calzini neri trotterellava orgogliosa.

"È stupefacente," disse Banks. Lui e Cedric si sporsero oltre il bordo del recinto per guardare meglio la giumenta. "Quanto chiedete per lei?"

Cedric fischiò e lo stalliere che conduceva la giumenta la portò da loro. Martin allungò una mano e accarezzò il naso del cavallo. L'animale sbatté le palpebre, soppesandolo coi suoi occhi scuri, ma non era scontroso.

"Mille ghinee, credo."

"Qual è il suo lignaggio?"

Cedric sorrise e accarezzò il collo della giumenta. "Il

padre è un purosangue e la madre è una delle mie giumente arabe. Posso fornirvi un pedigree.”

“Quanti anni ha?”

“Tre,” rispose Cedric.

Martin osservò i denti e le gambe della giumenta, guardando mentre lo stalliere le sollevava gli zoccoli. L'animale era paziente e mangiò con piacere delle zollette di zucchero dalla mano di Cedric. C'era in lei qualcosa di deliziosamente femminile che ricordava Livvy.

“Mille ghinee?”

“Sì. Avete in mente una persona in particolare a cui donarla?” Cedric fece un gran sorriso. “Pensavo che voi e la vostra amante vi foste divisi. Avevo sentito dire che era andata in Francia.”

“È così. Ho una nuova accompagnatrice. Questa giumenta sarebbe perfetta per lei. Mille ghinee non sono poche, ma sembrerebbe che per lei ne valga la pena.” Martin tese la mano e Cedric la strinse per confermare l'offerta. Si misero d'accordo per far portare la giumenta a casa di Martin l'indomani mattina.

Livvy avrebbe amato quel cavallo. E forse anche lui.

Il pensiero era apparso dal nulla e Martin lo scacciò rapidamente. Non voleva l'amore di Livvy. Stava benissimo anche senza di esso. E poi, lui non avrebbe mai amato la figlia dell'uomo che aveva distrutto la sua vita tanti anni prima. Non poteva negare di provare un certo piacere nel sapere di essere gentile e cortese nei confronti di lei mentre probabilmente la madre e il padre di Livvy erano in preda al panico.

Era ancora perso nei pensieri del passato quando lasciò la casa d'aste e tornò alla sua carrozza.

"A casa, signore?" chiese il cocchiere.

"Sì... un attimo, non ancora. Portami in Oxford Street. Devo andare in gioielleria."

"Sì, signore." Martin salì sulla carrozza e guardò fuori dal finestrino mentre il veicolo partiva bruscamente.

L'inverno londinese era splendido, quando la neve copriva i tetti delle case e una luce allegra illuminava le finestre delle dimore della zona elegante della città. Ma lui sapeva anche quanto l'inverno potesse essere duro. Dopo che Hartwell aveva sfrattato la sua famiglia, erano stati costretti ad affittare un minuscolo spazio di due sole camere da letto. Avevano vissuto nello squallore per mesi. Avevano seppellito sua madre e, per un anno intero, lui, suo padre e Helen avevano portato il lutto.

Chiuse gli occhi, continuando ad avvertire il freddo pungente nell'aria mentre ricordava il momento in cui era stato sulla tomba di sua madre, guardando la terra appena scavata coprirsi di neve. Il dolore nel suo petto lo aveva quasi strangolato. La disperazione aveva preso dimora nelle rovine della sua anima. Aveva avuto la sensazione che il sole non avrebbe mai più brillato, eppure...

Qualcosa era cambiato. E se n'era reso conto nel momento in cui Livvy aveva fatto irruzione in salotto.

La morbida carezza della luce del sole sulla sua anima livida. Martin non voleva ammettere che Livvy avesse suscitato in lui sentimenti del genere, ma così era.

Sarebbe ingiusto ignorare tutto ciò che mi fa provare, no?

Non voleva pensare a come sarebbe stato quando lei se ne sarebbe andata.

Quando la carrozza si fermò di fronte alla sua gioielleria preferita, Martin entrò ed esaminò le vetrinette contenenti diverse collane, spille e orecchini.

Un uomo anziano con un sorriso gentile lo salutò. "Signor Banks."

"Come state, Harold?" Martin strinse la mano dell'uomo. Conosceva Harold Garland ormai da sette anni.

"Bene, grazie. Le obbligazioni che mi avevate consigliato vanno bene."

"Sono lieto di saperlo." Martin era sempre felice di sapere che un amico aveva seguito il suo consiglio e che gli era andata bene.

"Cosa state cercando oggi?"

Martin osservò i gioielli esposti di fronte a lui, accigliandosi leggermente.

"Delle perle, credo." Riusciva a immaginare le perle attorno al collo di Livvy e il modo in cui esse avrebbero fatto risaltare la sua splendida pelle.

"Perle... vediamo..." Harold si chinò e prese un astuccio, che posò sul bancone.

"Degli orecchini di *coque de perle*?" Il gioielliere estrasse due orecchini e li posò su un panno di velluto sul bancone. Erano grossi, con perle dalla forma ovale che formavano una sorta di delicato grappolo che pendeva dagli affissi.

"*Coque de perle?*" Martin non ne aveva mai sentito parlare.

"È francese. Sono ricavate da alcune conchiglie delle Indie orientali, simili a perle. Il materiale è una conchiglia piuttosto che una perla comune. Ma l'aspetto è identico. Sono più unici, vedete, e sono molto popolari in Francia, al momento."

Martin sollevò gli orecchini, meravigliandosi della bellezza delle chiusure in oro e della loro relativa leggerezza. Sarebbero stati splendidi, ma non troppo stravaganti, e non avrebbero pesato troppo sulle orecchie di Livvy.

"E che ne dite di questa, per fare da complemento?" Harold sollevò un singolo filo di splendide perle, chiuso da un fermaglio dorato. "Elegante, raffinata, ma dal gusto squisito."

Martin prese la collana, sfiorando col pollice le perle arrotondate, sentendone la consistenza setosa.

"Sì, prendo tutto."

"Ottimo. Ve lo incarto e lo segno sul vostro conto." Harold prese rapidamente i gioielli e i sacchetti di velluto e li mise all'interno di eleganti scatoline nere.

"La signora è molto fortunata," disse il gioielliere, porgendo a Martin i suoi acquisti.

"Proprio così." Martin ridacchiò, ma si sentiva fortunato a sua volta ad avere una donna così dolce che apparteneva solo a lui. Uscì dalla gioielleria col passo leggero. Quella sera, lui e Livvy avrebbero cenato assieme in tutta tranquillità, e poi Martin avrebbe cominciato la sua seduzione. Avrebbe usato tutta la lentezza necessaria fino a quando lei non lo avrebbe implorato di essere portata a letto. Per la prima volta da mesi, non riusciva a smettere di sorridere.

❦   6   ❦

Livvy era accoccolata su una poltrona in biblioteca, intenta a leggere *Glenarvon* e a godersi ogni singola pagina deliziosamente scandalosa, quando udì il ritorno di Martin. Non riuscì a non chiedersi di quali altre commissioni egli si fosse occupato dopo averla riportata a casa. Chiuse il libro e lasciò la poltrona, avvicinandosi furtivamente alla porta della biblioteca. Essa era aperta solo di una fessura e lei sentì Martin che parlava.

"È andato tutto bene, oggi pomeriggio?" chiese Harris.

"Sì, perfettamente. Ora ho a mia disposizione un'ottima giumenta, e qualche gioiello dovrebbe tranquillizzarla un poco."

Livvy ebbe un sussulto. Davvero Martin aveva un'opinione così bassa di lei da paragonarla a una giumenta da riproduzione? E dei gioielli avrebbero dovuto placarla? Strinse le mani a pugno.

"A proposito, dov'è?" chiese Martin.

Furibonda, Livvy spalancò la porta della biblioteca e lo guardò freddamente.

"La vostra giumenta è proprio qui."

Martin esitò, poi scoppiò a ridere. Non riusciva nemmeno a *fingere* di essere in imbarazzo per aver detto una cosa del genere? Per poco Livvy non lo schiaffeggiò.

L'uomo la raggiunse e le prese il mento in mano, continuando a sorridere. Lei cercò di staccarsi.

"Non eravate *voi* la giumenta a cui mi riferivo. Vi ho comprato un cavallo e avevo tutta l'intenzione di farvi una sorpresa, fino a quando non ho visto la vostra irritazione un istante fa."

"Mi avete comprato un cavallo?" L'imbarazzo sbocciò sul viso di Livvy. Aveva quasi urlato contro Martin in presenza del suo maggiordomo, pronta a coprirlo di insulti. La vergogna la artigliò e lei sarebbe voluta svanire da qualche parte fino a quando la sensazione non fosse passata.

"Sì, l'ho comprato da un amico. Il visconte Sheridan alleva incroci di arabi con purosangue. La giumenta è... beh, domani la vedrete e potrete dire la vostra."

"Mi... mi dispiace. Il mio scoppio d'ira era infondato e ingiustificabile—"

Martin le premette un dito contro le labbra. "Non è necessario che vi scusiate. Merito appieno la vostra rabbia e il vostro sospetto, considerato il modo in cui ci siamo conosciuti è..."

Sebbene egli non lo avesse detto ad alta voce, Livvy sapeva che stava pensando a come lei gli *appartenesse*. La qual cosa non faceva che aggiungersi ai suoi sentimenti già contrastanti.

Martin si tolse un orologio dal taschino del gilet e guardò l'ora.

"Manca un'ora alla cena. Perché non vi cambiate d'abito e non ci troviamo in sala da pranzo alle sette?" Lo sguardo degli occhi azzurri dell'uomo era morbido e gentile, troppo gentile. Livvy avrebbe voluto odiarlo, ma non ci riusciva.

Annuì e salì le scale di corsa. La vergogna si faceva ancora sentire sotto la sua pelle. Mellie era in corridoio; stava trasportando alcuni dei vestiti nuovi di Livvy, stirati di fresco.

"È ora di cena, signorina?" chiese la cameriera personale.

"Sì." Livvy la seguì in camera da letto e si sedette in attesa che la cameriera le mostrasse le opzioni disponibili. C'era l'abito da sera marrone Devonshire, un abito color crema rivestito di mussola dorata e un abito arancione scuro a cappuccino. Livvy e Mellie esaminarono tutti i completi.

"Questa sera cenerete in casa, per cui che ne direste di quello marrone Devonshire? Il taglio è semplice, ma il colore è bellissimo," suggerì Mellie.

"Credo che tu abbia ragione." Livvy voltò le spalle

alla cameriera, dandole modo di slacciarle il vestito; poi, Mellie le offrì delle calze nuove e delle scarpette color oro scuro.

"Queste le posso buttare?" La cameriera le mostrò le calze rammendate già tre volte.

"Sì, ora ne ho più che a sufficienza." Martin le aveva comprato una dozzina di paia di calze. Era una spesa eccessiva, ma Livvy doveva ammettere che l'idea di godere di un po' di lusso le piaceva.

Indossò le calze e allacciò i nastri, quindi mise la sottogonna, la sottoveste e il corsetto nuovo prima che Mellie la aiutasse a indossare il vestito. Le maniche arrivavano fino ai polsi e si allargavano a sbuffo all'altezza delle spalle, come delle zampe di montone, ma a lei piaceva la flessibilità dell'abito di raso marrone. Sotto una certa luce, l'abito aveva una sfumatura rossastra che lo faceva brillare di colore.

"E i capelli?" Mellie finì di allacciare la schiena del vestito e la accompagnò al mobile da toeletta. "Pensavo a uno chignon sulla nuca e a dei riccioli davanti e lungo i lati."

"Suona benissimo." Livvy aveva sempre sentito la mancanza di una persona che potesse acconciarle i capelli a dovere. L'unica cameriera di casa sua non era stata incapace, ma le acconciature con cui era più a suo agio erano molto fuori moda. Inoltre, era stata costretta a trascorrere la maggior parte del tempo a pulire e non aveva potuto occuparsi di Livvy o di sua madre quanto avrebbero voluto loro.

Mellie scelse un pettine di madreperla che Martin aveva acquistato quel pomeriggio. Il pettine le passò tra i capelli e, per un attimo, nessuna delle due donne parlò.

"È da molto che lavori per il signor Banks?" chiese infine Livvy.

La cameriera le spazzolò di nuovo i capelli. "Da due anni. È un padrone onesto e gentile, se è questo che volete sapere. Non si prende mai libertà, se capite cosa intendo."

"Ho capito." Livvy fece una smorfia. Poteva anche essere innocente, ma sapeva che la servitù femminile era spesso alla mercé del padrone.

"Come... Come erano le altre sue amanti?"

Mellie ridacchiò. "Mi stupisce che me lo chiediate solo ora. Io l'avrei chiesto ieri sera." La sua spontanea onestà fece sorridere Livvy.

"Ieri sera, ero un po' sopraffatta. A essere oneste, lo sono ancora, ma comincio a capire cosa signifchi essere qui... in questo ruolo."

"La maggior parte di loro erano eleganti, ma nessuna era dolce come voi. Di solito, il padrone sceglie cantanti d'opera, ballerine o cortigiane. Voi siete la prima donna di un certo livello a essere qui."

Quell'affermazione la stupì un poco. Si era chiesta se Martin avesse ricattato delle altre donne in passato, ma non sembrava che fosse così.

"È mai capitato che avesse qui una donna per..." Livvy non riuscì a trovare un modo per esprimersi in maniera accettabile.

"Per?" chiese Mellie.

"Ecco... Beh, io sono qui perché mio padre deve del denaro al signor Banks."

La sua cameriera la guardò a bocca aperta. "Cosa?"

"Sì. Ho accettato di sanare il debito di mio padre... ahi!" Livvy ebbe un sussulto quando Mellie le tirò parte dei capelli.

"Mi dispiace molto, signorina. Stavo pensando a quanto volessi strangolare il padrone e ho tirato troppo forte." Mellie arrossì in viso per l'imbarazzo.

"Va tutto bene," la rassicurò Livvy. "Anch'io, all'inizio, volevo strozzarlo."

"Non ha mai portato qui nessun'altra per un motivo del genere. Pensavo che fosse un uomo migliore di così. Ma non ve l'ho mai detto, signorina."

"No, capisco il sentimento," mormorò Livvy. "E così, sono un caso unico. Non so se ciò sia un bene o un male."

"Un bene, magari?" suggerì Mellie. "Con voi, si è comportato in modo diverso."

"In che senso?"

"Beh, è trascorso solo un giorno, ma direi che si comporta in maniera più... tenera, più insicura. Come un ragazzo che ha conosciuto una ragazza, non come un uomo di ventotto anni." Mellie continuò a lavorare sui capelli di Livvy fino a quando l'acconciatura non fu completa. Splendidi boccoli rimbalzavano sulle guance di Livvy, incorniciandole il viso. "È un peccato che non abbiate dei gioielli. L'abito starebbe benissimo con degli orecchini e una collana."

Livvy si portò una mano alla gola nuda, cercando di immaginarsela ingioiellata.

"Va bene così. Sono certa che lui non se ne accorgerà." Mellie mise dei fiori bianchi attorno a ciascun raggruppamento di riccioli. Il delicato profumo floreale ricordava i giardini in primavera.

"Dove hai trovato questi fiori?" Era inverno e Livvy non credeva che la cameriera fosse andata da un fiorista.

"Il padrone ha una piccola serra sul retro."

Una serra? Livvy adorava i fiori e decise che avrebbe chiesto a Martin di mostrarglieli, quella sera dopo cena.

"Ecco fatto," dichiarò sorridendo Mellie. "Siete pronta."

Livvy si alzò e si guardò intorno in cerca dello scialle, quello color oro scuro che si abbinava alla maggior parte dei suoi vestiti nuovi, e si incamminò verso la porta. Martin attendeva in fondo alle scale. Lei trattenne il fiato quando l'uomo sollevò lo sguardo e la notò. Egli si appoggiò al corrimano, il fisico bene incorniciato da pantaloni marrone chiaro e gilet blu scuro. Livvy si umettò le labbra mentre scendeva le scale diretta verso di lui.

L'uomo irradiava un indomito orgoglio mascolino. Sin dal primo momento in cui lo aveva visto, egli le aveva fatto venire voglia di comportarsi in maniera imprudente e ardita. Una parte segreta di lei, alla quale Livvy normalmente non prestava attenzione, immaginava di baciarlo, di farsi scivolare quelle mani forti lungo il corpo e che egli promettesse di fare tutte quelle cose oscure e deliziose che gli uomini facevano nei suoi romanzi gotici. Lei era uno stoppino e lui la fiamma. Ciò che sarebbe accaduto tra loro era inevitabile, e Livvy non voleva negare al proprio corpo i suoi desideri.

In quell'istante, Livvy prese una decisione. Se la sua reputazione o le sue prospettive fossero rimaste danneggiate, ciò sarebbe successo indipendentemente da cosa sarebbe o non sarebbe successo tra quelle mura. Di conseguenza, spettava a lei decidere se qualcosa sarebbe accaduto o meno. Lei era lì per fare da accompagnatrice a Martin e questi era un uomo bellissimo. Livvy *voleva* godersi le notti nel suo letto e, se avesse abbracciato la passione promessa dallo sguardo di lui, avrebbe potuto trovarvi del piacere. Sua madre le aveva detto che le donne potevano godere del letto nuziale, se trovavano il partner giusto.

A giudicare dal modo in cui Martin la stava guardando, Livvy tirò a indovinare che egli potesse essere davvero un amante di talento.

Questa sera, riporrò la mia fiducia in lui. Se può darmi piacere, forse il mio tempo qui sarà gradevole.

"Avete un aspetto splendido," disse lui quando Livvy lo raggiunse. "Ma manca qualcosa." Il suo sguardo la percorse criticamente. "Ah, sì..." L'uomo trasse una borsa di velluto da dietro la schiena e gliela porse. Livvy la prese, confusa, e se ne versò il contenuto in mano.

Una collana di perle e un paio di orecchini stravaganti le ricaddero nel palmo.

"Oh!" esclamò Livvy. "Non posso–"

"Indossateli. Voglio vederveli addosso." Martin gesticolò verso un grosso specchio appeso alla parete. Livvy si avvicinò a esso e si mise la collana al collo. Quindi, indossò gli orecchini. L'effetto era stupefacente. Le perle sulla sua pelle sottolineavano la seta marrone del vestito. Martin le passò le dita lungo il collo. Lei avrebbe voluto sospirare, da tanto piacevole era essere toccata in quel modo. Martin si premette con molta leggerezza contro il suo corpo da dietro, in una maniera che la fece arrossire da capo a piedi mentre lei immaginava i loro corpi premuti l'uno contro l'altro come se fossero un unico essere vivente. Martin era duro, lei morbida, ma insieme sarebbero stati perfetti. Il pensiero era così terribilmente sensuale e delizioso che lei sapeva che ci sarebbero voluti secoli prima che smettesse di arrossire.

"Dovete stare attenta a indossarle spesso. Le perle sono creature viventi. Hanno bisogno di respirare, di essere indossate."

"Sono splendide." Livvy toccò le perle rotonde posate sulla sua clavicola, assaporandone la superficie naturalmente setosa. Non aveva mai pensato al fatto che le perle fossero esseri viventi, fino a quel momento, ma in qualche modo ciò aveva senso. C'era del magico nell'idea che quelle minuscole perle luccicanti avessero bisogno di sole e di aria quanto ne aveva lei, e questo gliele fece amare ancora di più.

"Mia madre non è mai stata il tipo da diamanti o da altre gemme, ma le perle erano un caso a parte," disse il signor Banks. "Lei era affascinata dall'idea che un semplice mollusco potesse prendere un granello di sabbia, una cosa tanto comune e insignificante, e trasformarlo in una delle cose più belle al mondo."

Livvy si perse nella voce dell'uomo mentre questi parlava. Il suo cuore si lacerò per lui al pensiero che avesse perso la madre così giovane. Allora, egli aveva un anno in meno di quelli che aveva lei ora. Livvy non riusciva a immaginare come fosse perdere un genitore, quanto doveva risultarne spezzato il cuore.

Ma lui è sopravvissuto, perché è forte. Forse, mostrarsi freddo e spietato è ciò che lo tiene al sicuro? Livvy aveva visto quella tenerezza infinita negli occhi dell'uomo per alcuni brevi istanti, quando egli aveva pensato che lei non potesse vederla. Aveva visto lo stesso negli occhi di suo padre quando questi guardava lei e sua madre.

Ma lo vedo. C'è del bene in voi e io non lascerò che un inizio col piede sbagliato, o le circostanze in cui ci troviamo, rovinino un altro istante del tempo che trascorreremo insieme.

Livvy sapeva che un uomo da meno, nella stessa posizione, si sarebbe approfittato di lei molto tempo prima. Eppure, Martin non lo aveva fatto.

"Siete pronta per la cena?" Lo sguardo di Martin incrociò il suo nel riflesso nello specchio.

Livvy si voltò verso di lui, sorridendo un po' timidamente. "Sì." Non aveva mai mangiato da sola con un uomo prima di allora.

"Ottimo. Il mio chef è molto ansioso di servirci dei piatti squisiti di sua creazione. È francese e sa muoversi in cucina."

"Avete uno chef?" Livvy infilò il braccio nell'incavo di quello dell'uomo mentre questi la conduceva in sala da pranzo. Non riusciva a credere che egli avesse assunto uno chef francese. Solo i più ricchi lo facevano.

"Sì. E vale decisamente la spesa."

La sala da pranzo di Martin era splendida. Livvy osservò i pannelli in legno di ciliegio lungo la metà inferiore della stanza e le pareti dipinte di un verde bottiglia scuro al di sopra di essi. Il caminetto di marmo grigio scuro era il punto focale della stanza, con un enorme specchio dorato che rifletteva la luce proveniente dalle finestre. Tappeti orientali coprivano i pavimenti e un tavolo in legno di ciliegio era apparecchiato per la cena. Un coperto era apparecchiato a capotavola e un altro accanto a esso. Tutto ciò non proclamava un'eccessiva stravaganza, ma mostrava il livello di lusso a cui Martin era abituato.

Livvy indicò un gruppo di quattro ritratti. "Chi sono loro?"

Uno, ne era certa, era Martin da giovane. I suoi occhi azzurri erano coraggiosi, ma gentili nel dipinto a olio. Quello era l'uomo che, lei immaginava, un tempo era stato. Un uomo del quale lei si sarebbe innamorata perdutamente, se si fossero conosciuti in circostanze diverse.

Lo sguardo dell'uomo si intenerì mentre osservava i ritratti, come se stesse rivedendo i suoi genitori in carne e ossa e non attraverso strati di pittura a olio.

"Sono la mia famiglia. I miei genitori, il sottoscritto e la mia gemella, Helen."

"Gemella? Avete una sorella?"

Martin arrossì leggermente. L'altezza e il colorito delle sue guance avevano un che di stranamente incantevole. "Ehm... Sì. Vive nei pressi di Bath."

"È sposata?" Livvy sapeva che non avrebbe dovuto impicciarsi, ma voleva saperne di più di lui e della sua vita.

"Sì, con un uomo di nome Gareth Fairfax. Hanno due figli: un bambino e una bambina." Martin sorrise mentre tirava indietro una sedia per Livvy. Quindi, prese posto a sua volta e un lacchè portò un vassoio con due scodelle di zuppa di porri.

"Andate a trovarli spesso?" chiese lei prima di assaggiare la zuppa. Era deliziosa. Di solito, Livvy trovava leggermente insignificante la zuppa di porri, ma lo chef di Martin l'aveva trasformata in qualcosa di notevole. Era coriandolo quello di cui sentiva l'odore?

"Non abbastanza. Trovo..." L'uomo fece una pausa e si schiarì la voce. "Tendo a concentrare il mio tempo qui a Londra, dove visito le banche e tengo sotto controllo i miei investimenti."

"Suona piuttosto... produttivo."

Il signor Banks sogghignò. "Volete dire noioso."

"Beh, per quanto stimolante possa essere la finanza, sembrerebbe che le vostre esperienze di vita vissuta siano... limitate?" Livvy sapeva che, probabilmente, ciò lo turbava, ma la verità era che lui stesso era parso annoiato nel rispondere. Martin possedeva un patrimonio e aveva una famiglia, per cui avrebbe dovuto essere fuori nel mondo, a vivere una vita piena di ricordi e di avventure.

Martin ridacchiò. "Ah sì? Credo che abbiate ragione. Ho trascorso tanti anni a cercare di assicurarmi di possedere denaro e stabilità da non aver mai fatto una pausa per divertirmi."

Livvy inclinò la testa, osservando Martin. Stava scherzando?

Wade, il lacchè, entrò a sparecchiare la zuppa. In seguito, i servitori portarono vassoi di oca, fagiolini, aragosta, e un cesto di pasticci accompagnati da prosciutto brasato.

Martin sorseggiò il vino, guardando Livvy mentre lei assaggiava l'oca. "Se aveste ricchezza e libertà, cosa fareste?"

"Io?" Livvy era stupita dal fatto che gliene importasse qualcosa, ma si tamponò delicatamente la bocca con un tovagliolo mentre l'uomo annuiva per incoraggiarla a parlare. "Beh, immagino che andrei all'opera, al balletto, a teatro. Viaggerei per il mondo. Ho sempre voluto vedere l'India."

"Sono molte cose."

Livvy fece spallucce. "La vita dovrebbe essere fatta di esperienze. Se ci si ferma e ci si permette di diventare freddi nei confronti del mondo circostante, allora non si vive davvero." Sapeva che era il vino a scioglierle la lingua, ma non sembrava riuscire a fermarsi. "Mio padre ha avuto grosse difficoltà negli ultimi anni e, sebbene io sappia che ci sono molte persone in condizioni ben peggiori, non posso non essere triste per non avere la possibilità di essere là fuori tra la gente. Per anni siamo stati poveri in canna e la mia unica via di fuga sono stati i libri. È per questo che sono così importanti per me." Finalmente, Livvy si trattenne dall'aggiungere altro. "Mi dispiace. Non avrei dovuto parlare in maniera così... così–"

"Onesta?" Martin si appoggiò allo schienale della sedia, accarezzandosi il mento con le dita mentre la osservava.

"Sì. *Onesta* è un modo carino per definire il mio blaterare."

"Voi mi affascinate," disse l'uomo, la voce bassa e suadente.

"Vi affascino?" ripeté lei, mentre all'improvviso il suo cuore accelerava i battiti. Si concentrò subito sul suo cibo, nella speranza che Martin cambiasse argomento. "Credo che stiate esagerando."

L'uomo si chinò e, finalmente, cominciò a mangiare. "Cosa c'è in India che vi interessa?"

"Ho letto diversi libri riguardo a essa. I colori, il caldo e l'atmosfera esotica mi attirano. Ma anche la cultura. Voglio vedere dei luoghi che siano molto diversi dall'Inghilterra. Voglio sentire il sapore del curry sulla lingua e guardare gli indigeni cavalcare elefanti e le donne ballare con braccialetti d'oro sugli orli dei vestiti e ai polsi." Livvy arrossì e tacque, per smettere di monopolizzare la discussione a tavola. Lei e Martin tacquero per un istante in più prima che l'uomo parlasse in tono improvvisamente entusiasta.

"Potrei portarvici io, in India."

I loro sguardi si incontrarono e il cuore di Livvy mancò un battito quando qualcosa di tacito parve trasmettersi tra di loro: una speranza leggera, mescolata a un accalorato desiderio di compiacersi a vicenda.

"Ho alcuni amici di stanza laggiù, sapete. Un capitano dell'Esercito che conosco mi ricorda spesso che gli devo una visita. Potremmo andare, se gradite." Martin parve rendersi conto di aver sperato troppo e la sua espressione si chiuse un poco, come se stesse cercando di frapporre della distanza tra di loro. E tuttavia, Livvy voleva sapere se egli fosse stato davvero sincero nella sua offerta.

"Mi portereste davvero in India?" Non poteva aver detto sul serio. L'India era lontanissima e loro erano... Beh, Livvy non sapeva come descrivere il loro rapporto, se non dicendo che lei era la sua accompagnatrice. Forse la sua amante. Gli uomini portavano le loro amanti in India? Per poco Livvy non si mise a ridacchiare, dannazione al vino.

"Non ci sono mai stato, ma anch'io ho sentito

parlare del suo fascino, e il vostro desiderio ha rinnovato il mio interesse a visitarla. Dopo l'inverno, potremo prenotare un passaggio."

Dopo l'inverno? L'uomo aveva intenzione di tenerla con sé anche dopo le feste?

"Finite la cena." Le parole di Martin, pronunciate con gentilezza, si fecero largo tra i pensieri confusi di Livvy. Lei finì rapidamente il pasto, le mani che tremavano.

"Dite allo chef che mangeremo il gelato nella mia camera da letto... se la signorina Hartwell lo desidera," disse Martin al lacchè prima che questi cominciasse a sparecchiare. L'uomo guardò Livvy con aria di attesa e lei capì di poter rifiutare, ma che lui voleva che accettasse.

"Mi sembra una splendida idea, signor Banks."

Martin si alzò e si avvicinò alla sua sedia, tendendole la mano.

Se lo fai, non potrai più tornare indietro.

Livvy mise il palmo nella mano dell'uomo, suggellando il proprio fato.

❧ 7 ❧

Martin avvolse le dita attorno alla mano di Livvy mentre uscivano dalla sala da pranzo. Il semplice atto di toccarla, anche se in maniera innocente, produsse in lui brividi di entusiasmo. Maledizione, era nervoso come un ragazzino inesperto. Aveva visto il calore e il desiderio negli occhi della giovane, ed essi gli avevano dato coraggio. Eppure, lui aveva dato la sua parola. E, a onor del vero, Martin era sempre più riluttante a suggerire un rapporto intimo, alla luce del motivo per cui Livvy era lì. Dio, come gli era venuto in mente di prendere una donna per saldare un debito? E tuttavia, lei lo affascinava in modi che lui non era del tutto in grado di spiegare. Se solo si fossero conosciuti in circostanze migliori.

Ma se Livvy lo avesse voluto, Martin le avrebbe dato un mondo di piacere. Avrebbe adorato il suo corpo per ore, fino a quando lei non sarebbe caduta in un sonno esausto. Il pensiero era così invitante e così piacevole che lui faticava a tenere sotto controllo la naturale eccitazione del suo corpo.

L'orologio a pendolo all'ingresso batté l'ora tarda; i lievi rintocchi metallici infransero il silenzio amichevole tra loro due mentre salivano le scale fino alla camera da letto di Martin.

Indirizzando Livvy verso la sua stanza, lui non riuscì a trattenersi dall'attirarla più vicino. La carezza delle gonne della donna contro le sue gambe era terribilmente morbida e l'inclinazione della testa di lei e il dubbio momentaneo nei suoi occhi erano come il lento riattizzarsi di un fuoco nelle prime ore del mattino.

Martin si fermò sulla soglia delle sue stanze e si voltò verso di lei, offrendole il suo sorriso più rassicurante. Si portò la mano della giovane alle labbra, sfiorandole il dorso delle dita mentre i loro sguardi si incontravano e rimanevano intrecciati. Lei gli rivolse un piccolo cenno di assenso e lui girò la maniglia della porta e la aprì.

Il lacchè aveva acceso le lampade e il fuoco nella camera di Martin creava un'atmosfera accogliente e invitante. Come la stanza di Livvy, anche quella era decorata in stile egizio, con sfingi, foglie di loto e dettagli in legno indorato. Spesso, Martin si era chiesto se non avesse esagerato con quel motivo, ma l'atmosfera esotica nelle due camere da letto gli piaceva molto.

Era stato in Egitto, una volta, solo per un breve

periodo di tempo, ma quel luogo aveva lasciato in lui una voglia tuttora presente per le notti calde e afose, le sottili tende dai colori accesi e il sussurrare dei giunchi lungo il Nilo. Martin aveva fatto del suo meglio per portarsi a casa quella sensazione. Il suo letto era grande, la struttura robusta e le lenzuola costose; le sfumature di rosso scuro creavano un tono più mascolino dei morbidi azzurri della stanza di Livvy.

"È come la mia camera," esclamò lei, sorridendogli.

"Vi piace? Mi sono sentito un po' sciocco a concedermi tutte queste decorazioni, ma il risultato mi sembra davvero magnifico."

"*È* magnifico! Adoro le decorazioni all'egiziana." Livvy allungò una mano per toccare il drappo di seta rossa attorno al letto di Martin prima di voltarsi verso di lui. Si appoggiò a una colonnina del letto e sollevò il viso per incrociare il suo sguardo. Solo una trentina di centimetri li separava e lui riusciva a vedere lo sventagliare delle ciglia scure di lei mentre lo guardava. Il corpo di Martin si contrasse per l'eccitazione, ma lui non voleva affrettare quel momento.

"Sono stato in Egitto," annunciò, per poi sentirsi sciocco per quella vanteria. Ma gli occhi della giovane si spalancarono.

"Davvero?"

"Sì. Era semplicemente incredibile." Martin era a malapena in grado di raccontare l'esperienza, ma voleva tentare. "L'aria è calda e asciutta in ogni momento e nell'aria è perenne l'odore di un fiore dolce che mi ricorda il caprifoglio. Credo si trattasse di fiori di loto. Ho amato i colori e il cibo con le sue spezie intense. Tornare a casa mi è parso terribilmente blando." Martin allungò una mano per accarezzare la guancia di Livvy e lei si lasciò andare al tocco.

"Avete visitato i templi? E le piramidi?"

Martin annuì con entusiasmo. "Il mio preferito era forse quello di Karnak, ma le piramidi erano impressionanti. Era un po' come trovarsi di fronte ai cancelli degli dei egizi: quelle strutture erano così immense che era impossibile immaginare come dei semplici mortali avessero potuto costruirle."

"Vorrei poter vedere il mondo come avete fatto voi." Livvy sospirò sottovoce e Martin ebbe un tuffo al cuore. Sapeva come si sentiva: in trappola, impoverita, destinata a non lasciare mai Londra. Era ciò che toccava in sorte alla maggior parte delle persone: il non poter mai metter piede su un sentiero che le avrebbe portate lontano, in luoghi di avventura.

"Vi prometto che vi porterò da qualche parte. India, Egitto... scegliete e ci andremo."

Livvy lo guardò incredula. Martin si sporse leggermente, circondandole il viso con le mani, lo sguardo combattuto tra le sue labbra e i suoi occhi.

"Non dovreste fare promesse che non avete intenzione di mantenere," mormorò la giovane, la voce rotta. Quelle parole gli fecero dolere il petto.

"Se mai c'è stata una promessa degna di essere mantenuta tra quelle che ho fatto, è questa. Vi porterò ovunque vogliate andare." Martin impresse a fuoco quel voto nelle profondità del suo cuore. Avrebbe dato a Livvy l'opportunità di liberarsi dalla dura vita londinese, anche se solo per un poco. Lei parve credergli e allungò una mano per appoggiarla sulla sua spalla.

"Voi mi fate venire voglia di credere in una vita di bellezza e passione." Le palpebre di Livvy calarono a mezz'asta e il suo sguardo si concentrò sulle labbra di Martin.

"Per me è lo stesso." Quelle maledette palpitazioni ripresero nel suo cuore e loro due condivisero un sorrisetto, uno colmo di entusiasmo nervoso. Martin non riuscì a trattenere le parole che gli uscirono di bocca in seguito.

"Vi voglio," disse, per poi inghiottire il suo sciocco entusiasmo. Perché Livvy lo faceva sentire così giovane? Lui non era più un diciottenne.

"Credo che, forse... vi voglio anch'io." La giovane allungò una mano, toccandogli il gilet. Le sue dita passarono sulla seta blu e lui cercò di ignorare la fame che aveva dentro, che gli stava urlando di afferrarla e baciarla.

"Credete? Non ne siete sicura?" Martin intravide i denti bianchi di Livvy quando lei si morse il labbro inferiore.

"Non l'ho mai fatto prima. Non sono del tutto certa di sapere come sia *volere* qualcuno."

La sua innocente confessione gli strappò un lieve

gemito. Marti coprì la mano posata sul suo petto, accarezzandone il dorso fino al polso delicato.

"Com'è quando vi tocco?" chiese, accarezzandole la pelle.

"Mi fa rabbrividire."

"Brividi buoni o cattivi?" Martin osservò gli occhi della giovane mentre le passava le dita lungo il braccio, fino al gomito. Le palpebre di Livvy palpitarono.

"Buoni," rispose lei. "Molto buoni."

"E questo?" Martin si sporse in avanti, voltandole il viso in modo da poter premere le labbra contro il punto sensibile appena dietro l'orecchio destro. Lei gli afferrò le spalle, gemendo all'improvviso quando lui fece guizzare la punta della lingua contro la sua pelle. Se c'era una cosa che lui sapeva, oltre che costruire un patrimonio, era dove baciare una donna per risvegliarne il corpo.

"Buono," ansimò Livvy. "*Molto buono.*" Non lo respinse e, quando lui fece come per tirarsi indietro, gli si aggrappò con forza ancora maggiore.

"Livvy, qualunque cosa accada fra noi... Non voglio che lo facciate solo perché dovete. Capite?" Martin non aveva idea del perché, all'improvviso, volesse giocare a fare l'eroe. Sapevano entrambi che lui la possedeva a causa del debito del padre di lei, ma Livvy era comunque libera di dirgli di no... o, preferibilmente, di sì.

Gli occhi della giovane erano velati dalla confusione. "Ma voi mi avete portato qui per..."

"Lo so, ma non sono un mostro. Vi ho portato qui a causa di vostro padre e della sofferenza che egli mi ha provocato. Voi non siete lui e io non desidero farvi del male. Sebbene insista per avere la vostra compagnia, non accamperò diritti sul vostro corpo, né ora né mai. Ma... se voi mi volete, se volete condividere il mio letto, vi basterà dirlo."

I loro corpi premettero l'uno contro l'altro, il calore tra essi che aumentava mentre lei soppesava le parole di Martin e i propri sentimenti. Lui riusciva a vedere il suo desiderio di stare con lui fare la guerra al suo bisogno di dimostrare che lei possedeva effettivamente quel potere. Gli occhi della giovane si sollevarono a incontrare i suoi e lui vide in essi uno sguardo spavaldo che gli diede speranza.

"Voglio stare qui... con voi." Un intenso rossore le chiazzò le guance e Martin si sentì quasi frastornato dall'ondata di gioia che lo colse alle parole di Livvy.

La giovane fece per parlare di nuovo, ma un lacchè bussò alla porta ed entrò con un vassoio di gelati aromatizzati al limone. Martin prese il vassoio e ringraziò il servitore prima di chiudere la porta.

"Per favore, insisto." Porse a Livvy una piccola ciotola e un delicato cucchiaino da dessert. La giovane li accettò e si appoggiò di nuovo alla colonna del letto, assaggiando il gelato.

"Potete sedervi sul letto. Non lo considererò un invito a possedervi," scherzò Martin. Ma ciò gli fece venire idee terribilmente sensuali sul modo in cui avrebbe posseduto Livvy se ne avesse avuto l'opportunità.

Livvy si appollaiò sul bordo del letto e lui la raggiunse. Mangiarono in silenzio e, quando lei ebbe finito, lui prese la sua ciotola e la appoggiò sul comodino accanto al letto.

"Voglio ringraziarvi per oggi," disse Livvy. "Per gli abiti, i gioielli, il cavallo." Allungò una mano per toccare le perle mentre parlava.

"Non è necessario che mi ringraziate," le assicurò lui. "Stavo semplicemente rispettando la mia parte delle condizioni che abbiamo concordato." Non gli piaceva pensare di acquistare l'affetto di Livvy. La cosa non lo aveva mai turbato in passato, ma le sue precedenti amanti erano venute da lui di loro spontanea volontà. Con Livvy, era diverso. "Temo di aver cominciato col piede sbagliato questa cosa tra di noi."

"Alcuni direbbero irreparabilmente," rispose lei; ma il suo tono di voce era tinto di una nota di divertimento. "Dovrei odiarvi, ma, ecco, ora non credo che siate poi così terribile." Stava parlando in maniera più chiara, ora, meno spaventata da lui e dalla loro situazione rispetto a prima.

"Non così terribile?" le fece eco lui, lievemente ferito nell'orgoglio.

Livvy incrociò il suo sguardo, il coraggio evidente nei suoi occhi. "Ho bisogno di altro tempo."

"Altro tempo?" Allora non tutto era perduto. Non aveva detto di voler essere lasciata completamente in pace. Stava cominciando a fidarsi di lui e del fatto che non le avrebbe fatto del male, né le avrebbe sottratto la facoltà di scegliere.

"Sì. Ma..." Livvy arrossì in viso. "Potete darmi il bacio della buona notte." Le sue labbra si curvarono in un sorriso titubante. Martin capì che stava dando mostra di grande coraggio.

"Un bacio, allora," disse lui, sporgendosi per circondarle il volto con le mani. Gli occhi di Livvy brillavano della luce delle candele e lui sentì che tutto il suo corpo si concentrava sulle labbra della giovane. Lottò per controllare la corrente obnubilante che scorreva in lui.

Un bacio... Devo fare in modo che conti.

Le loro labbra si incontrarono in una pressa di calore vellutato, facendogli cantare il desiderio nelle vene. Martin esplorò la bocca di Livvy, facendo con calma, accarezzandole le labbra con la lingua. Quando respirarono all'unisono, fu come se stessero condividendo sussurri intimi. Come poteva baciare Livvy essere una tale estasi? Come poteva lui ubriacarsi del suo sapore? La sua anima stanca parve tornare timidamente alla vita man mano che la baciava.

Livvy fu scossa da un fremito quando lui permise alle sue labbra di farsi più brusche. Voleva che lei assaggiasse la sua fame, che sentisse il suo bisogno pulsare tra di loro. Voleva infrangere la promessa di un bacio e farle vedere che la fame di Livvy era pari alla sua. I suoi sensi vacillarono quando, finalmente, staccò le loro bocche. Livvy si era aggrappata nuovamente a lui e il suo bisogno di qualcosa in più le brillava negli occhi.

"Un bacio della buona notte. Spero di avervelo dato bene." Martin sfiorò col naso la guancia di Livvy prima che lei si alzasse dal letto e indietreggiasse.

"Sì. A domani."

La giovane si ritirò fino alla porta e uscì in corridoio, ma il cuore di Martin continuò a martellare a lungo dopo che ella se ne fu andata. Il suo corpo era tesissimo e lui sapeva che sarebbe stato difficile rilassarsi dopo aver avuto Livvy così vicina a entrare nel suo letto.

Martin si sdraiò ed esalò un respiro colmo di frustrazione. Mai, in vita sua, una donna lo aveva ridotto in quelle condizioni.

Potrei aver commesso un grave errore a portarla qui.

LIVVY SI PREMETTE LE DITA CONTRO LE LABBRA, sorridendo al ricordo del bacio di Martin. Davvero gli aveva chiesto di darle il bacio della buona notte?

Sì.

Ed era stato magnifico. *Troppo* magnifico. E tuttavia, l'uomo aveva mantenuto la promessa e nient'altro era accaduto oltre a quel bacio. Lei non avrebbe dovuto chiedergli di limitarsi a un bacio. E tuttavia, in lei c'era una piccola parte razionale che era lieta che fosse riuscita a guadagnare del tempo per calmare la situazione tra di loro. Se si fosse comportata in maniera sciocca e si fosse buttata a capofitto in certe cose col signor Banks, il suo cuore sarebbe rimasto spezzato.

Entrò nella sua camera da letto e fu sollevata nel vedere Mellie che stendeva una sottile camicia da notte di pizzo.

"Com'era la cena?" chiese la cameriera.

"Splendida. Più di quanto mi sarei aspettata," ammise Livvy.

"Spero che il padrone si sia comportato bene."

"Abbastanza, direi," ridacchiò lei. Martin l'aveva quasi convinta a gettare la ragione al vento e a trascorrere la notte nel suo letto. Lei sapeva che, a un certo punto, lo avrebbe fatto, ma voleva verificare la propria forza e, soprattutto, constatare se Martin avrebbe mantenuto la promessa di lasciare che fosse lei a decidere la velocità con la quale sarebbe progredito il loro rapporto.

Mellie agitò un dito a mezz'aria. "Lasciate che vi sbottoni."

Livvy diede le spalle alla cameriera e Mellie cominciò a sbottonarle l'abito.

"Purché il vostro tempo qui sia piacevole, nient'altro ha importanza."

Livvy si morse il labbro, pensandoci su. Sì, era piacevole. Sì, lei e Martin non erano partiti esattamente col piede giusto, e sì, Livvy era lì per pagare il debito di suo padre... ma si sentiva meno costretta di quanto si fosse aspettata. Meno una prigioniera e più un'ospite. Forse, la sua situazione non sarebbe stata così terribile. L'abito le cadde di dosso e lei attese che Mellie le slacciasse il corsetto.

"Ha detto che domani mi porterà a cavallo," aggiunse, per poi rilassarsi quando lo stretto corsetto si allentò.

"Sarà magnifico. Il padrone adora cavalcare, anche d'inverno. Di solito va da solo, badate bene, per cui sarà un bel piacere per lui avere una splendida signora da accompagnare."

"Non andava a cavallo con... le altre sue amanti?"

"Oh, no!" Mellie ridacchiò. "Le portava solo in carrozza. Cavalcare è qualcosa che gli piace fare da solo."

Beh, quello sì che era interessante. A Livvy non piaceva pensare di essere come tutte le donne venute prima di lei e, soprattutto, non voleva essere trattata come una di loro.

Una volta indossata la camicia da notte, si tolse gli orecchini e la collana di perle e li affidò con cautela alla cameriera personale.

Mellie sospirò. "Quanto sono belli."

"È vero." Livvy attese che Mellie le togliesse le forcine dai capelli. Entrambe ridacchiarono mentre Mellie le spazzolava i capelli. Poi, lei si mise a letto e la cameriera aggiunse altri due ciocchi di legno al caminetto prima di uscire in corridoio e lasciarla a dormire.

Soffiò sull'ultima candela accanto al letto. Quindi sprimacciò il cuscino, si mise comoda sotto le coperte e chiuse gli occhi. Non andava bene. Non riusciva a smettere di rivivere quel bacio e il suo splendore. Il pensiero la tormentava ancora. Stava cadendo preda troppo velocemente della seduzione di Martin. Nessuna signora che avesse rispetto di se stessa lo avrebbe permesso. Eppure, lei lo aveva fatto.

E se fosse stato tutto un elaborato inganno? E se lui non fosse l'uomo che Livvy sperava? Quell'uomo gentile, dolce e seducente a cui lei stava cominciando ad affezionarsi?

❊ 8 ❊

Hyde Park d'inverno era davvero magnifico. Il ghiaccio scintillava dalle estremità dei rami nudi come cristalli appesi a un lampadario. Livvy si stupì della vista dalla schiena del suo nuovo cavallo, una giumenta grigia screziata che era la perfezione incarnata. Il naso nero della giumenta e i suoi quattro calzini scuri, assieme al miscuglio di macchie grigio scuro, erano squisiti e unici. Il cavallo era robusto come un purosangue, ma le sue zampe erano più snelle e curve, come quelle di un arabo.

"Allora? Vi piace?" chiese Martin mentre manovrava il suo castrone grigio scuro vicino all'animale di Livvy.

"È bellissima. Dove l'avete trovata?" chiese lei. Teneva d'occhio gli altri cavalieri nel parco, dato che il terreno era ancora scivoloso per il ghiaccio e lei temeva che i loro cavalli potessero scivolare e andare a urtare qualcun altro.

"È stata allevata da un mio conoscente, il visconte Sheridan. Vi avevo accennato a lui in passato. Lui e la duchessa di Essex hanno sviluppato un accordo per far riprodurre i loro animali, negli ultimi tre anni, che ha generato tre puledri eccellenti. La duchessa ha degli ottimi purosangue e Sheridan ha degli arabi. Ho incontrato Sheridan da Tattersall's e ho pensato che lei sarebbe stata perfetta per voi."

Livvy accarezzò il collo del cavallo e guardò Martin. Questi sembrava un perfetto gentiluomo elegante, coi suoi pantaloni marrone chiaro, il gilet verde e il cappotto blu scuro. Quando i loro sguardi si incrociarono, lei sorrise al ricordo del bacio della sera prima.

"Grazie," si affrettò a dire.

Un barlume di divertimento illuminò gli occhi azzurri dell'uomo. "Di nulla, di nulla. Il vostro completo da equitazione calza bene?" Martin osservò l'abbigliamento di Livvy con occhio critico.

"Benissimo." Livvy arrossì e distolse lo sguardo. Non si sarebbe mai abituata ad avere Martin che la guardava in quel modo... come se la possedesse. Non c'era crudeltà nel suo sguardo, ma c'era della possessività, diversa da quella che lei voleva. Voleva – sì, *voleva* – che lui la guardasse con la possessività di un uomo appassionatamente innamorato. Nei romanzi gotici che lei amava, gli eroi erano sempre un po' spietati all'inizio, per poi trasformarsi in gentiluomini innamorati.

Lei sapeva che, una volta che Martin l'avesse mandata a casa, non avrebbe mai più avuto un'opportunità simile. La buona società l'avrebbe rinnegata, considerandola merce avariata. Sarebbe stata fortunata se fosse riuscita a nascondersi dal mondo, ma molto probabilmente avrebbe dovuto cercarsi un altro protettore.

Protettore. Che bella parola per un uomo che l'avrebbe sfruttata per i suoi piaceri. Non sarebbe stata altro che una transazione d'affari.

Il mio corpo per il suo denaro.

Il suo stomaco protestò dolorosamente e lei sollevò il mento, fissando dritto di fronte a sé.

"Livvy, cosa c'è che non va?" chiese Martin.

"Nulla." Lei tirò su col naso. Dannazione. Non avrebbe pianto, non di fronte a lui.

"Livvy..." Martin allungò una mano e afferrò le redini del suo cavallo, fermando entrambi. Ora lei era costretta a guardarlo.

"L'aria fredda mi fa colare il naso," mentì.

Per un lungo istante, Martin la fissò, quindi sospirò pesantemente e lasciò andare le redini, e ricominciarono a muoversi. Completarono un giro del parco e, all'improvviso, Livvy notò diversi fogli di carta sparsi per terra. Su di essi c'era stampato qualcosa.

"Cosa sono quelli, signor Banks?" Livvy indicò per terra.

"Do un'occhiata." L'uomo scese da cavallo e si inginocchiò, raccogliendo un pamphlet. Quindi, lesse ad alta voce.

"*Attenzione: poiché voi, G. Elo, avete preso possesso con la forza e la violenza del fiume Tamigi, io vi ingiungo di smetterla immediatamente. Firmato D. Sgelo. Stampato da S. Warner sul ghiaccio.*" Martin voltò il foglio verso di lei e, all'improvviso, sorrise. "Per Dio, dev'esserci una fiera del gelo!"

"Che cos'è?"

Il signor Banks montò a cavallo, continuando a sorridere. "Dovevate essere ancora bambina durante l'ultima, nel 1814. Il Tamigi gelò al punto che la città di Londra organizzò una fiera sul ghiaccio. Fu un grande evento. Io ci andai con la mia famiglia, appena qualche giorno prima che..." La gioia dell'uomo svanì.

"Prima che?"

"Prima che... Non importa." Martin guardò il pamphlet per un lungo istante e Livvy temette di sapere cosa egli volesse dire. *Prima che vostro padre mi togliesse tutto.*

"Possiamo andare? Mi piacerebbe molto vedere la fiera del gelo."

"Credo che dovrebbe essere possibile," disse Martin. Parte del suo sorriso tornò quando egli si infilò il foglio nella tasca del gilet.

Fecero avanzare i cavalli, uscendo da Hyde Park. Solo quando furono tornati alla casa del signor Banks, Livvy riprese la parola.

"Mi dispiace," disse quando i loro sguardi si incontrarono.

"Vi dispiace? Per cosa?" L'uomo smontò e poi la raggiunse. Allungò entrambe le mani verso di lei. Livvy si chinò e appoggiò le mani sulle spalle di Victor mentre questi la prendeva per la vita. Mentre lui la tirava giù, i loro corpi scivolarono l'uno contro l'altro e il respiro di Livvy si mozzò.

"So cosa avreste voluto dire prima. Chiedo scusa se mio padre vi ha provocato tanto dolore." Quelle parole erano gravate molto su di lei, che sapeva che era stato necessario pronunciarle, anche se Martin non era disposto o pronto ad ascoltare. Gli occhi azzurri dell'uomo si intenerirono, ma la sua espressione era difficile da leggere.

"Non avete nulla di cui scusarvi. I peccati dei padri non dovrebbero ricadere sui figli." Martin le ravviò una ciocca di capelli con una mano guantata. "Ora entrate, così potrete scaldarvi. Se volete partecipare al festival, avrete bisogno di un vestito robusto e del vostro mantello nuovo."

L'uomo la condusse in casa e ordinò al lacchè di portare loro un pasto leggero, da servire nello studio di lui e nella camera da letto di lei.

"Potrei mangiare con voi nel vostro studio, signor Banks?" Livvy lo seguì dopo aver consegnato i guanti da equitazione e il cappello a Mellie, che venne loro incontro in fondo alle scale.

L'uomo parve genuinamente sorpreso. "Volete mangiare nel mio studio?"

"Beh, sì, se voi me lo permetterete. Ma se non volete che mi intrometta–"

"No, va benissimo," rispose lui, per poi attendere che lei lo seguisse. "E, vi prego, chiamatemi Martin."

Livvy doveva ammettere di essere molto curiosa

riguardo all'aspetto dello studio di Martin. Era raro che gli uomini permettessero alle donne di accedere ai loro santuari privati. Lei era entrata nello studio di suo padre solo un paio di volte.

Martin si fermò di fronte a una porta in fondo al corridoio e fece un passo indietro dopo averla aperta. Livvy entrò prima di lui e si guardò attorno. Le pareti erano di un delicato verde foresta e i pannelli di legno chiaro alla base della stanza le donavano un'aria distinta. La scrivania era grande, ma non troppo decorata. Era funzionale. Martin aveva diversi scaffali di libri, risme di documenti e qualche opera d'arte di decorazione. Il resto della sua casa era palesemente progettato per far colpo, ma lì, nel suo spazio privato, Livvy intravide un barlume di chi Martin era davvero. Un uomo concentrato sugli affari. Rabbrividì, chiedendosi se ciò si applicasse a tutto nella sua vita.

Non sono altro che una transazione d'affari per lui?

L'uomo prese posto alla sua scrivania, fissando lo sguardo su una pila di lettere ancora chiuse. Livvy si affrettò a prendere un libro dagli scaffali e a sedersi su una delle due comode poltrone rivolte verso la scrivania. Aprì il libro, voltandone alcune pagine prima di sbirciare Martin.

Qualunque cosa egli stesse leggendo lo spinse ad accigliarsi. Colta all'improvviso da un desiderio birbante, Livvy scivolò verso il bordo della sedia e appoggiò i gomiti sul bordo della scrivania dell'uomo. Lo fissò. Martin aveva ancora lo sguardo fisso sulle lettere e usò un tagliacarte per aprire un sigillo di cera mentre lavorava.

Lei imitò il suo cipiglio profondo, esagerando l'espressione a livelli comici. Ancora una volta, lui non se ne accorse. Cosa ci sarebbe voluto per farlo sorridere, si chiese Livvy, o almeno per far sì che la notasse?

Fu colpita da un pensiero molto birbante. Tirò fuori la lingua e si abbassò le guance con le dita per allargare leggermente gli occhi, quindi arricciò il naso. Il movimento attirò finalmente l'attenzione di Martin quando egli la vide, per poi far cadere la pila di lettere che stava passando in rassegna per terra sulla scrivania, rovesciando il calamaio e la penna.

"Per tutti i diavoli!" ringhiò Martin, affrettandosi ad afferrare la boccetta e a raddrizzarla.

"Mi dispiace!" gemette Livvy. "Volevo solo farvi ridere."

Martin inarcò un sopracciglio con aria di sfida. "Ah sì? Beh, avete rovinato le lettere. Ho una mezza idea di mettervi sulle mie ginocchia e sculacciarvi."

Ora fu il turno di Livvy di accigliarsi. "Non lo fareste mai. Io sono una donna adulta, non una bambina."

"Una donna adulta non fa smorfie tanto sciocche!"

"Ah, siete insopportabile."

Martin le fu subito addosso, afferrandola per il polso e strattonandola per farla girare attorno alla scrivania. Livvy squittì quando lui la fece chinare sul suo grembo e le diede una violenta manata sul sedere; non le fece minimamente male, a causa degli strati di gonne e sottogonne, ma Livvy non voleva che lui lo sapesse.

"Come osate!" L'uomo le diede qualche altro scappellotto, sebbene con più leggerezza di prima, nonostante lei stesse protestando e scalciando. Quando lui la lasciò andare, il suo orgoglio era illividito, ma Martin non le permise di andarsene: si limitò a mettersela in grembo, in modo che lei gli fosse seduta sopra, e appoggiò le mani sulla sua vita mentre la guardava; poi, all'improvviso, Martin sorrise e ridacchiò.

"Provate a rifare quella smorfia," la sfidò. C'era una luce sensuale nei suoi occhi. Lei si aggrappò alle sue spalle, abbassando lo sguardo sulle sue labbra. Le mani dell'uomo accentuarono la presa sulla sua vita, come per incoraggiarla silenziosamente.

Vuole che io lo baci, che faccia la prima mossa.

Anche lei lo voleva. Gli aveva estorto un sorriso e l'uomo aveva persino riso un poco. La sua pelle si scaldò al pensiero. Il sorriso di Martin era puramente mascolino quando lei chiuse la distanza tra i loro visi. Livvy sapeva di essere stata rapita dal potere primordiale della sua attrazione nei confronti di Martin, ma non riuscì a trattenersi dal premere le labbra contro quelle di lui. Bisogno crudo incontrò puro desiderio mentre il bacio si faceva profondo, a bocca aperta. Martin chiuse una mano tra i capelli alla base del collo di Livvy. Il desiderio che suscitò in lei era senza tempo e potente. Livvy temette che le stesse rovinando il gusto per gli altri uomini.

Ma ciò non aveva importanza. O meglio, l'aveva, ma lei sapeva che non ne *avrebbe* avuta una volta che Martin avesse finito con lei. Nessun altro uomo se la sarebbe presa, se non come amante. I suoi sogni di matrimonio e di figli erano svaniti. L'angoscia le afferrò il cuore e lei staccò le labbra da quelle dell'uomo. Lui la fissò, gli occhi ancora velati di desiderio.

"Ecco... all'improvviso non mi sento molto bene. Credo che tornerò nelle mie stanze."

Livvy si alzò dal grembo di Martin e si ritirò frettolosamente verso la porta.

"Livvy? Livvy, aspettate, mi dispiace!" Martin la inseguì, ma quando la raggiunse sulla soglia e le passò un braccio attorno alla vita, lei lo trattenne con una mano sul petto.

"Sono stato...? Ho esagerato? Stavo solo scherzando. Non volevo–" L'uomo faticò a trovare le parole, pallido in viso.

"Non c'entra," mormorò lei, arrossendo. "Lo scherzo mi è piaciuto, ma..." Martin sembrava davvero preoccupato e invitante, ma lei doveva mantenere le distanze.

Se non lo facessi, farei qualcosa di terribilmente sciocco, come innamorarmi dell'uomo che mi ha comprata in cambio di un debito.

Avrebbe disprezzato se stessa se fosse caduta tanto in basso... e il suo cuore si sarebbe infranto.

"Cosa c'è?" Martin le prese in mano il mento e il suo tocco fu così caldo che lei si lasciò andare un poco a esso. Non poteva dirgli la verità. Lui non avrebbe capito.

"Questioni femminili," disse, sperando che lui le avrebbe creduto. Si portò una mano all'addome.

"Oh? Oh! C'è qualcosa che io possa fare?"

"No, ho solo bisogno di sdraiarmi e di riposare."

"Capisco. D'accordo, vi farò portare il cibo in camera." Le dita dell'uomo scesero dal mento di Livvy alla sua vita, a cui diede una delicata stretta. "Confesso di non essere un grande esperto di..." Arrossì di nuovo. "Ma, per favore, se c'è qualcosa... Un bagno caldo, magari? Qualcosa che posso fare per aiutarvi?"

"Giuro che sto bene. Ho solo bisogno di riposare... *Da sola*."

Livvy ebbe quasi l'impressione che Martin fosse rimasto ferito dalla sua reazione.

"Ma certo. Fate qualunque cosa sia necessaria al vostro conforto." L'uomo la lasciò andare e fece un passo indietro. Livvy percepì la distanza tra di loro, un abisso che le fece dolere il cuore. Ma avrebbe accolto con gioia quel dolore, se esso avesse tenuto al sicuro il suo cuore.

"Buon riposo. Se vi sentirete abbastanza bene, potremmo cercare di andare alla fiera nel tardo pomeriggio."

Lei annuì e uscì dallo studio Una volta nella sua stanza, si sentì fredda e intirizzita dentro. Mellie la aiutò a indossare una comoda vestaglia, cosicché potesse riposare sul letto. Poco dopo, un lacchè le portò il cibo, ma lei mangiò a malapena. Mellie rimase vicino all'armadio per appendere il completo da equitazione, e il suo sguardo preoccupato si spostò su di lei.

"Signorina... va tutto bene?" chiese la servitrice.

"Ho..." Livvy chiuse gli occhi per un attimo, quindi incrociò lo sguardo della cameriera. "Ho paura."

Melli inclinò leggermente la testa. "Paura di cosa?"

"Di innamorarmi di lui." La cameriera chiuse l'armadio e venne ad appollaiarsi sul bordo del letto.

"Perché ne avete paura?"

"Perché..." Livvy pizzicò il tessuto blu scuro della costosa vestaglia che Martin le aveva comprato. Era splendida, come tutto il resto della casa, come tutto ciò che egli aveva comprato per lei.

"Perché...?" la incoraggiò Mellie.

"Lui non tiene a me, non alla stessa maniera. Io sono solo un trastullo di cui lui si libererà una volta che si sarà stancato di me. Non voglio amare una persona in questo modo. L'amore è speciale. È importante. Ma ciò che lui prova per me non sarà mai amore."

Gli occhi azzurri di Mellie brillarono di una luce allegra. "Credo che potreste sbagliarvi."

"No. Tu non lo conosci, non sai quanto egli disprezzi mio padre. Tutto quell'odio nel suo cuore cancellerà qualunque amore potrebbe mai provare per me. Temo che tutto questo sia temporaneo, che una volta finito con me lui diventerà freddo e crudele e—" Livvy si strozzò sull'ultima parola quando vide Martin in piedi sulla soglia. A giudicare dalla sua espressione, l'uomo aveva sentito tutto.

"Martin–" Livvy fece per alzarsi, ma lui si voltò e svanì dalla soglia. Livvy cercò goffamente di alzarsi dal letto, rischiando di inciampare per la fretta di chiudersi la vestaglia, ma non riuscì a raggiungerlo in tempo. L'uomo chiuse sbattendo la porta delle proprie stanze e lei udì il rumore del chiavistello.

"Martin, per favore, lasciate che vi spieghi," gridò alla porta. Non udì alcun suono, nessun accenno di respiro, nessun rumore di passi. Solo il silenzio, un suono così spesso da rischiare di soffocarla.

Due lacchè erano fermi in cima alle scale, a guardarla. Livvy chinò la testa e corse di nuovo in camera sua, tuffandosi sul letto e nascondendo il viso tra i cuscini. Le doleva il cuore e sentiva i singhiozzi in arrivo. Mellie le diede un colpetto gentile sulla schiena prima di uscire e lei sentì la porta della camera da letto chiudersi.

Scacciò le lacrime, sentendo che esse inzuppavano il cuscino. Non era stata sua intenzione farsi sentire da Martin. Non era nemmeno sicura se lei stessa ci credesse davvero. L'uomo non era stato freddo o crudele, tranne che quella prima sera in cui l'aveva portata a casa. Da quel momento in poi, era stato caloroso e premuroso.

Se gli aveva fatto del male, era lei quella crudele. Sapeva di non doversi necessariamente sentire in colpa, ma ciò non cambiava il fatto che così era. L'uomo le aveva mostrato gentilezza e non le aveva fatto pressione, non l'aveva costretta a condividere il suo letto. Le aveva permesso di controllare la situazione e lei lo aveva ripagato con quelle parole crudeli.

Livvy si immobilizzò quando si rese conto di una cosa. *Lo voglio. Non ha senso combattere i miei stessi desideri.*

Se si fosse concessa a lui, come tanto voleva fare, a ciò avrebbe potuto seguire l'amore. Lei avrebbe dovuto correre il rischio. Ma in che modo?

⚜ 9 ⚜

Martin attese un quarto d'ora prima di uscire dalla sua camera da letto e chiamare il maggiordomo. Harris gli venne incontro in corridoio, sorridendo.

"Che progetti avete voi e la signorina Hartwell per questa sera? Raphael è molto interessato a provare delle nuove ricette."

"Mi dispiace, Harris, ma dovrai dire a Raphael che questa sera mangerò fuori. Andrò a cenare al mio club. Può darsi che non torni, questa sera."

Harris spalancò gli occhi. "Oh? E la signorina Hartwell?"

"Lei rimarrà qui. Potrete servirle i pasti in camera. Non deve uscire e nessuno può venire a trovarla. È tutto chiaro?"

"Sì, ma certo, signore." Harris fece cenno a un lacchè di avvicinarsi. "Vi facciamo preparare la carrozza?"

"Sì. Sarò nel mio studio. Venite a chiamarmi quando arriverà la carrozza." Martin lasciò il corridoio ed entrò nel suo studio, accigliandosi alla vista della scrivania. L'inchiostro versato era stato pulito, le lettere sistemate, e tuttavia lui riusciva ancora a sentire Livvy tra le braccia mentre la baciava, riusciva ancora a vedere il sorrisetto diabolico sul suo viso mentre lo prendeva in giro. Era stata focosa, calorosa e adorabile, ma qualcosa era cambiato.

Mi ha definito freddo e crudele.

Le parole gli erano ancora appiccicate addosso come rovi appuntiti, che lo pungevano dolorosamente. Lui non aveva pensato di essere stato sgarbato, almeno non quel giorno e non il giorno precedente. Come poteva saperlo? Aveva sepolto il proprio cuore talmente a fondo che era assolutamente possibile che Livvy stesse scambiando il suo bisogno di mantenere la distanza emotiva per freddezza e crudeltà.

Ma lui non poteva, non *voleva* cambiare, nemmeno per lei. Non intendeva sviluppare sentimenti per la figlia dell'uomo che aveva ucciso sua madre e distrutto la sua vita. Ciò non poteva accadere, punto e basta. Si sarebbe goduto la compagnia di Livvy e, se lei glielo avesse permesso, anche qualcosa di più, ma sviluppare idee romantiche nei suoi confronti? No. Lei era l'ultima donna al mondo di cui lui potesse invaghirsi. E poi, non si sarebbe mai innamorata a sua volta di lui. Tra di loro ci sarebbe sempre stato il senso di obbligo provocato dai debiti del padre di lei.

Anche se Martin avesse in qualche modo trovato un modo per superare l'odio che provava per il padre di Livvy, sua sorella gemella avrebbe visto la cosa come un tradimento. E lui doveva proteggere Helen. Non era riuscito a farlo già una volta e l'aveva quasi persa. Non poteva venirle nuovamente meno. Non seppe quanto a lungo rimase seduto nella sua poltrona, i pensieri in un decennio passato, prima di rendersi conto che il suo lacchè era sulla soglia, con in mano il suo cappello e il suo cappotto.

"La carrozza è pronta, signore."

"Grazie." Martin si alzò e indossò il cappotto. Si recò alla porta d'ingresso e, dopo aver rivolto un cenno del capo a Harris, uscì da casa.

Prese posto nella sua carrozza e chiuse gli occhi mentre il veicolo cominciava a muoversi. Avrebbe potuto trascorrere la notte da Brooks's e magari concedersi un po' di spazio. Sarebbe stato un bene per entrambi. Lui avrebbe protetto se stesso e Livvy avrebbe imparato che le sue parole e le sue azioni producevano delle conseguenze. Proprio come le avevano prodotte le azioni di suo padre.

Quando arrivò da Brooks's, al numero 60 di St. James' Street, Martin aveva la sensazione di essere invecchiato di dodici anni. Quella mattina, quando erano usciti a cavallo, gli era parso che la giornata si fosse conclusa bene e che Livvy fosse disposta a condividere il suo letto. Non aveva progettato di vedersi spinto verso il suo club di umore nero. Prese atto dell'entusiasmo furioso nella sala da gioco mentre entrava. Il club era famoso per le puntate alte. Alcuni guadagnavano patrimoni e altri li perdevano in quel modo. Martin si soffermò per un solo istante sulla soglia, guardando i giovanotti giocarsi a carte il proprio destino. Chissà chi sarebbe emerso vincitore, quella sera. Un giovanotto, uno dei molti che servivano da Brooks's, gli prese cappello e cappotto.

"Posso fare altro per voi, signore?" chiese il ragazzo.

"Controlla se c'è una stanza libera. Se sì, prenotala per conto mio. Il mio conto è a nome Martin Banks."

"Ci penso io, signore." Il ragazzo si allontanò di corsa. Martin lasciò il corridoio principale e si diresse verso le sale da ritrovo, ma raggelò quando udì il nome di Hartwell sbandierato a destra e a manca.

"Hartwell vi deve duemila sterline?" chiese un uomo al suo interlocutore.

Martin esitò, rimanendo tra le ombre mentre ascoltava i gentiluomini parlare in fondo al corridoio, vicino alla sala da gioco da cui erano appena usciti.

"Già. Ho una mezza idea di farmele ridare in un altro modo." Il secondo uomo rise. Dimostrava all'incirca all'età di Martin, forse qualche anno di più, ma le sue labbra avevano un che di crudele.

"Cosa avete intenzione di fare, Stamford?" chiese il primo uomo.

Lord Stamford? Martin ebbe un sussulto interiore. Si diceva che quell'uomo fosse un farabutto dallo scarso rispetto per donne e animali.

"Hartwell ha una figlia. Una piccola pesca matura, o così dicono. Se vuole evitare la prigione per debiti, può darla a me. Ho sentito dire che un altro tizio se l'è presa non molto tempo fa, in cambio del pagamento di un debito. Non dovrebbe essere molto difficile fare lo stesso, sempre che quell'altro non l'abbia già consumata." Stamford rise in maniera crudele.

Lo stomaco di Martin si rivoltò con violenza. Quell'uomo era un riflesso oscuro di lui stesso. Martin si era preso Livvy proprio come aveva intenzione di fare quell'uomo. Non era migliore di Stamford, con l'eccezione che intendeva lasciare che fosse Livvy a venire nel suo letto, piuttosto che costringerla. Ma al momento, la cosa non gli dava conforto. Deglutì a fatica, sentendo il sapore della bile mentre cercava di non pensare a quanto fossero simili lui e quel disgraziato.

"È da un po' che non date sfogo ai bollenti spiriti, eh?" disse ridacchiando il primo gentiluomo.

"Non da molto, ma ho bisogno di una brava ragazza da buttare sul letto per qualche ora tutti i giorni, e una dolce creaturina come quella..." Stanford emise un gemito di gioia e il suo amico rise.

Martin vide rosso mentre avanzava come una tempesta verso i due uomini. Afferrò Stamford e lo sbatté contro la parete. Colpirlo era piacevole, catartico in una maniera a cui Martin non voleva pensare.

"Come osate parlare in questo modo!" gridò.

"Di cosa diavolo state parlando?" Stamford chiuse le

mani in preda alla furia, quindi sferrò un pugno al viso di Martin.

Lui accusò duramente il colpo, grugnendo quando il suo occhio sinistro venne colpito. Lasciò andare Stamford per un singolo istante.

"Toccate la signorina Hartwell e vi ucciderò." Non poteva cancellare ciò che aveva fatto a Livvy portandola via di casa, ma poteva salvarla da un uomo come quello.

Stamford gonfiò il petto. "Oh? Piace anche a voi?" Fece per raddrizzarsi il gilet, ma Martin gli saltò di nuovo addosso.

"Fermi!" Il primo uomo si frappose tra loro, premendo il palmo di una mano sul petto di ciascuno.

"Possiamo dirimere la questione."

"Ah sì?" Stamford rise cupamente. La sua espressione strafottente fece sentire Martin furioso e spericolato.

"Sarò felice di dirimerla sul campo," ringhiò Martin.

Stamford rispose con un ghigno da sciacallo. "Anch'io, signor..."

"Banks. Martin Banks."

"Voi siete quello che ha comprato la ragazzina." Stamford sorrise maleficamente.

"E sarò quello che vi sparerà," minacciò cupamente Martin.

"Un momento, Banks? Ho sentito parlare di voi!" disse il primo uomo. "Pare che abbiate un ottimo senso degli affari."

Martin sapeva che l'accompagnatore di Stamford

stava facendo del proprio meglio per allentare l'evidente tensione, ma non se ne curò.

"Littleton Field. Domani all'alba."

"D'accordo. Domani." Stamford annuì seccamente. Lui e il suo accompagnatore corsero in ritirata nella sala da gioco.

Martin entrò come una furia nella sala da lettura e si tuffò sulla poltrona più vicina. Rimase lì seduto, cuocendo per un po' nel brodo dell'incontro con Stamford, prima che qualcuno gli porgesse un bicchiere di brandy.

"Sembrerebbe che tu ne abbia bisogno, vecchio mio." Rodney Bennet ridacchiò mentre prendeva posto accanto a lui.

"Immagino di sì." Martin accettò il brandy e bevve un lungo sorso, ignorando il bruciare feroce del liquido nella sua gola.

"Fammi indovinare: tu e Stamford avete un duello domani?" chiese Rodney.

"E tu come diamine fai a saperlo?" brontolò Martin.

"Sta facendo il gradasso nella sala da gioco. Bastardo arrogante."

Martin sussultò mentre sentiva che l'occhio cominciava già a gonfiarsi. Sarebbe stato fortunato se la vista dall'occhio sinistro gli sarebbe bastata per sparare con una pistola. "Hai bisogno di un secondo?" Il tono di Rodney era leggero e fin troppo normale. Ma d'altro canto, lui c'era già passato: l'ultima occasione si era verificata diversi anni prima, quando Martin aveva perso quel che restava del suo allora poco denaro a beneficio di un uomo di nome Gareth Fairfax. Gareth lo aveva sfidato a duello e Rodney gli aveva fatto da secondo.

Solo che io non ho mai combattuto quel duello. È stata Helen a farlo al mio posto.

E Gareth si era innamorato di lei, la donna coraggiosa che aveva combattuto un duello travestita dal fratello gemello. Se Helen avesse saputo che lo attendeva un nuovo duello, lo avrebbe strozzato. Ma Martin doveva farlo, per proteggere Livvy, perché era lui il mostro che l'aveva posta in quella situazione.

"Martin, vecchio mio, che succede?" Rodney si sporse in avanti, rughe di preoccupazione incise sul viso.

"Ti sei mai reso conto all'improvviso di aver agito in maniera errata, causando forse più danni di quanti avresti voluto?"

Le labbra di Rodney si curvarono verso il basso in un cipiglio. "Non sono sicuro di aver capito."

"Ho sfidato Stamford a duello perché lui voleva comprare una donna per sanare i debiti del padre di lei."

"È stato un gesto nobile." L'amico di Martin sorrise da un orecchio all'altro.

"No." Martin sospirò e il suono fu stanchissimo, esattamente come si sentiva lui.

"Cosa intendi?"

"Perché io ho già comprato la ragazza qualche giorno fa, in cambio di un debito che mi doveva suo padre. Non sono migliore di Stamford."

Rodney impallidì. "Hai *comprato* una donna?"

Martin annuì. Aveva ancora lo stomaco strettamente annodato. "Ho comprato la sua compagnia, anche se ora credo che ci sia ben poca differenza."

"Ma... come?"

"È successo la sera in cui siamo andati alle Argyll Rooms. Il padre della ragazza e io abbiamo dei trascorsi, di natura personale e di inimicizia da parte mia. L'ho visto perdere al gioco e me ne sono approfittato. Alla fine, lui mi doveva una forte somma, molto più di quanto potesse pagare, e io sono andato a casa sua, con l'intento di cacciarlo. E poi ho visto lei. Era splendida, coraggiosa e... Si è offerta a me. Io ho accettato. L'ho portata a casa quella sera stessa."

"Buon Dio!" Rodney era rosso in viso per la collera. "Rimandala a casa sua!"

"Lo farei, ma..." *Non posso.* Martin prese fiato. "Se lo facessi, temo che Stamford si presenterebbe alla porta di suo padre ed esigerebbe la stessa cosa. Temo che altri ne sentiranno parlare e andranno in cerca di una soddisfazione simile. Cosa ho fatto?" Martin tuffò il viso tra le mani, premendo i palmi contro gli occhi con tanta forza da vedere le stelle.

"Ma non hai...?" Rodney si schiarì la voce.

"No. Lei non ha nulla da temere da me. Se mi vuole, tutto ciò che deve fare è chiedere, ma io non la costringerò."

Il suo amico annuì. "Ottimo. Ti chiederei soddisfazione io stesso, amico o no, sei tu facessi una cosa del genere a qualunque donna."

"Perché sei un brav'uomo," disse sarcastico Martin. "Molto migliore di me."

"Beh, non saprei." Rodney rise prima di tornare serio. "E così, domani duellerai con Stamford. Dove e quando?"

"Littleton Field, all'alba."

"Ci sarò," dichiarò Rodney. "Pensi di dormire qui questa notte?"

Martin annuì. Non riusciva a immaginare di tornare a casa in circostanze del genere.

"Allora riposati e fatti controllare quell'occhio. È probabile che si gonfi e che comprometta la tua vista domani."

"Grazie." Martin diede una pacca sulla spalla di Rodney, poi l'altro uomo si alzò dalla sedia e si incamminò verso l'uscita. Senza dubbio, sarebbe tornato a casa da sua moglie e dai suoi figli, e per la prima volta Martin lo invidiò. Per un breve istante, ebbe il coraggio di immaginare che Livvy fosse a casa ad aspettarlo, con un bambino piccolo nella nursery e il sorriso pronto e caldo quando l'avrebbe visto.

È una vita che non avrò mai. Di sicuro non con lei.

Il pensiero gli raffreddò il cuore e lui allungò una mano verso il brandy. Sarebbe stato la sua unica compagnia in una notte fredda come quella.

LIVVY FISSÒ L'OROLOGIO SULLA MENSOLA DEL caminetto nelle sue stanze. Era quasi mezzanotte. Non riusciva a dormire. Non dopo aver visto Martin ferito dalle sue parole. Era colpa sua se lui si era allontanato. Mellie aveva detto che l'uomo era andato al suo club e che non sarebbe tornato quella notte. Lo staff aveva ricevuto ordini di confinarla nella sua stanza, ma Livvy aveva il sospetto che nessuno di loro lo avrebbe fatto davvero. Uscì in punta di piedi dalle sue stanze, stringendosi nella vestaglia. Per fortuna, la casa di Martin non era piena di spifferi, com'era invece diventata quella di Livvy.

Raggiunse la camera da letto dell'uomo. La porta era aperta e lei entrò. Il valletto di Martin era lì, intento a pulire un paio di stivali. Sussultò quando la vide, poi arrossì.

"Scusate. Non volevo disturbarvi." Livvy indietreggiò verso la porta.

"È tutto a posto, signorina. Ho finito. Di solito porto gli stivali di sotto, ma visto che il padrone è fuori..." Il valletto passò lo straccio per lucidare la punta dello stivale, quindi mise il paio nell'armadio contro il muro nell'angolo opposto rispetto alla porta.

"Grazie." Livvy si appoggiò allo splendido letto, guardando il valletto che riordinava.

"Avete bisogno di qualcosa, signorina Hartwell? Prima che io vada?" chiese il servitore.

"Oh... No, grazie." Livvy lanciò un'occhiata al caminetto, dove il fuoco cominciava a essere striminzito.

"Tranne magari qualche altro ciocco di legno. Posso ravvivare il fuoco da sola, se non vi dispiace."

"Per nulla." Il valletto si inchinò. "Farò portare un po' di legna da un lacchè."

Dopo che l'uomo fu uscito, Livvy girò per la stanza, esaminando il bel catino di porcellana, il rasoio, il profumo al legno di sandalo in una boccetta. Sollevò il naso e inalò. Il profumo risvegliò in lei dei ricordi, ricordi *vividi* di Martin che la stringeva a sé, che la baciava in maniera brusca, ma piacevole. Lei non aveva mai immaginato che dei baci potessero essere così appassionati, splendidi, spaventosi.

E io l'ho fatto scappare. Aveva importanza che lui l'avesse comprata? L'unica cosa importante non avrebbero dovuto essere i sentimenti di Livvy? Lei si sentiva bene quando lui la baciava, quando i loro respiri si mescolavano e i loro corpi erano premuti l'uno contro l'altro. Forse era quella l'unica cosa importante.

L'orgoglio – il *suo* orgoglio – non avrebbe dovuto avere importanza, non più. Il danno era fatto. Lei non era più innocente secondo gli standard della società. Non avrebbe dovuto perlomeno godersi i peccati per i quali sarebbe stata comunque rovinata?

Avrebbe corso il rischio di innamorarsi di Martin, ma forse ciò era inevitabile. Era già attratta da lui e non si trattava semplicemente di fascinazione carnale, ma di qualcos'altro. L'espressione tormentata negli occhi dell'uomo quando questi parlava della sua famiglia e della morte prematura di sua madre, le tracce di riluttante divertimento in quei misteriosi occhi azzurri, la morbidezza delle sue labbra e la fame delle sue mani creavano in lei un intrico di emozioni irrisolvibile. Livvy non riusciva a vedere Martin come una cosa sola. Lui non era l'uomo freddo e crudele che lei aveva menzionato nel parlare con Mellie. Era tutt'altro.

Livvy si mise nel grande letto dell'uomo e fissò nelle profondità di quello che restava del fuoco, la mente persa in una caotica spirale di pensieri.

Voglio correre il rischio? Voglio azzardare a concedermi, cuore e anima, e pregare che il brav'uomo che ho intravisto esista davvero? Che un uomo come lui possa imparare ad amarmi?

La speranza era tutto ciò a cui poteva aggrapparsi nell'oscurità. La speranza che lei avrebbe trovato le risposte e la speranza che, all'arrivo dell'alba, Martin sarebbe tornato a casa da lei.

10

Martin osservò la pistola che aveva in mano, avvertendo il peso del metallo e dell'impugnatura di legno lucido, che era fredda nel suo palmo. Tutto attorno a lui, il campo era tranquillo e la luce che precedeva l'alba illuminava il cielo di un viola pallido. La carrozza che trasportava Stamford e il suo secondo, l'uomo della sera prima, Stephen Albright, era appena arrivata. Albright gli aveva offerto la scelta della pistola.

"Che ne pensi? Credi che spari dritto?" mormorò Rodney accanto a Martin.

"E io che ne so? È raro che maneggi questi arnesi."

"Cosa?" sibilò Rodney. "Per tutti i diavoli, almeno sai sparare?"

"Certo." Martin sapeva sparare bene con un fucile, quando andava a caccia di fagiani, ma tirare con una pistola da duello non era la stessa cosa.

"L'arma vi soddisfa, signor Banks?" chiese il signor Albright. L'uomo lanciò un'occhiata nervosa a Stamford, che lei stava guardando male.

"Immagino di sì," rispose Martin. Si era svegliato quella mattina con un'emicrania e un senso di terrore, e solo quando il cameriere era venuto a servirgli una colazione frugale si era ricordato che doveva affrontare Stamford a duello in meno di due ore.

"C'è un'ultima possibilità di riconciliazione," intervenne Rodney. "Lord Stamford, credo che voi abbiate fatto dei commenti sgradevoli e volgari nei confronti di una giovane donna, ieri sera. Ritirate questi commenti?" Rodney si posizionò leggermente di fronte a Martin, agendo in veste di suo emissario. In quel momento, Martin capì quanto l'altro uomo fosse un buon amico. Nel corso degli anni, Rodney era sempre stato dalla sua parte e da quella di Helen.

Helen... Martin non riusciva a credere che sua sorella gemella avesse affrontato la stessa sfida, che avesse preso il suo posto contro Gareth tanti anni prima, travestito da Martin, mentre lui giaceva privo di conoscenza in un ripostiglio per le scope dopo che lei lo aveva colpito.

Chiuse per un istante gli occhi, immaginando sua sorella quel giorno, disposta ad affrontare la morte per lui. Non aveva mai meritato le persone che gli volevano bene. Non aveva fatto altro che deluderle, più e più volte. Se fosse morto ora, Livvy non avrebbe sentito la sua mancanza: sarebbe stata grata per la sua scomparsa.

Il debito di lei sarebbe stata ripagato e lei sarebbe tornata a casa... solo per vedersi rivendicata allo stesso modo da un uomo come Stamford. La furia si levò in lui come una violenta tempesta, col vento che lo sferzava nella mente e nel cuore. Non poteva permettere una cosa del genere.

"Non ritiro i miei commenti," dichiarò Stamford. I suoi lineamenti aristocratici erano definiti dalla crudeltà che gli velava gli occhi.

"D'accordo," sospirò Rodney. "Mettetevi schiena contro schiena. Ciascun uomo dovrà contare venti passi. Poi vi volterete l'uno verso l'altro."

Martin e Stamford si avvicinarono. Ci volle una discreta quantità di autocontrollo per non gettare la pistola a terra, saltare addosso all'altro uomo e percuoterlo. Martin trasse una serie di respiri profondi e voltò le spalle. Stamford fece lo stesso. Poi cominciarono ad allontanarsi, contando i passi. Quando Martin arrivò a venti, si voltò, fronteggiando l'avversario. Albright e Rodney erano sulla sinistra, a diversi metri dalla linea di fuoco.

"Potete sollevare le pistole," annunciò Rodney.

Martin aggiustò la postura. L'erba del prato, coperta di ghiaccio, era scivolosa e sgradevole sotto le suole dei suoi stivali. Quindi, lui sollevò con attenzione il braccio. Le dita gli tremavano leggermente e, con un occhio gonfio fino a quasi a chiudersi, aveva ora la sensazione che quella fosse stata una pessima idea; ma non poteva lasciare che Stamford se la cavasse, non dopo quello che aveva minacciato di fare a Livvy.

Stamford sollevò il braccio.

"Al mio tre, potrete sparare." La voce di Rodney risuonò al di sopra del campo gelato.

"Uno..."

Martin si leccò le labbra secche e aggiustò la presa sulla pistola.

"Due..."

All'improvviso, le labbra di Stamford si curvarono in un sorriso sprezzante.

"Tre–"

Crack!

Martin sobbalzò di lato. Il dolore lo trafisse al braccio. Imprecò, ma tenne sollevata la pistola.

"Banks! Siete stato colpito?" gridò Rodney.

"Sfiorato," grugnì lui. "Credo." Guardò Stamford, che lo stava fissando cinereo.

"Tocca a voi, Banks. Sparate pure quando volete," disse Rodney. Tanto lui quanto Albright osservavano preoccupati la scena.

"Allora?" gridò Stamford con voce quasi stridula. "Datevi una mossa!" Batté il piede come un bambino petulante, ma persino da quella distanza Martin non poteva fraintendere la paura genuina sul suo volto mentre l'uomo cercava di posizionarsi di sbieco per ridurre il rischio di un colpo mortale.

Martin fissò Stamford con la pistola sollevata. "Vendetemi la cambiale di Hartwell e io non ficcherò un proiettile nel vostro cuore nero."

"Cosa?" balbettò Stamford.

"Non ho voglia di ripetermi," minacciò Martin, la voce bassa e tranquilla. Non sapeva come ci riuscisse, quando il braccio gli faceva un male d'inferno. Sangue caldo gli gocciolava lungo il braccio, sotto la giacca, ma lui lo ignorò.

"Perché la volete?" chiese Stamford.

Martin continuò a impugnare fermamente la pistola. "Questo è affar mio. Accettate di vendermi la cambiale?"

Stamford si accigliò, lo sguardo fisso sulla pistola. "Ho scelta?" Martin ringhiò. "D'accordo, la cambiale è vostra."

"Ottimo," disse Martin. "Vi farò consegnare il denaro in giornata."

Stamford esalò un sospiro di sollievo, le spalle curve. Martin sollevò la pistola in aria, al di sopra della testa dell'altro uomo, e sparò.

"Per tutti i diavoli!" ruggì Stamford, spiccando un balzo all'indietro.

Per qualche motivo, Martin trovò la cosa divertentissima e scoppiò a ridere. Il mondo girava un pochino e lui grugnì mentre cadeva in ginocchio. Del sangue gocciolò sulla neve. Molto sangue...

"Banks." Rodney lo raggiunse immediatamente. Lo afferrò per il braccio sano e lo fece rialzare. "Forza. Dovete andare da un medico."

Martin attraversò barcollando il campo, lasciando che Rodney lo conducesse alla carrozza in attesa. Si lasciò cadere sul sedile e chiuse gli occhi.

Doveva aver perso conoscenza, perché quando li riaprì, un medico era accovacciato di fronte a lui ed erano fuori da una casa a lui sconosciuta.

"Signor Banks, sono lieto che siate tornato tra noi," annunciò il medico. Martin rabbrividì e si rese conto di essere a petto nudo. L'aria fredda riempiva la carrozza e lui imprecò sottovoce.

Maledizione, si sentiva debolissimo.

All'improvviso, il volto di Rodney fece capolino dalla portiera della carrozza. "Bella ferita, eh?"

"Bella ferita?" chiese Martin. "Esistono cose del genere? Ahi!" gemette quando il medico strinse la benda bianca attorno al suo braccio.

"Beh, sai, le signore adorano certe cose romantiche. La mia Anna andrebbe in brodo di giuggiole se io venissi ferito mentre difendo il suo onore." Rodney continuò a chiacchierare, sorridendo bonariamente. Alle sue spalle, le strade erano immerse nella luce mattutina.

"Bennet, dove siamo?" Se qualcuno lo avesse visto mentre veniva curato dopo essere stato ferito in un duello illegale, Martin avrebbe potuto passare dei guai.

"In Duke Street. Ti ho portato il dottor Phillips. È uno dei migliori."

"Vi ringrazio, dottor Phillips." Martin cercò di sorridere all'uomo. "Quanto è grave?"

Il dottor Phillips sorrise leggermente, ma rimase concentrato sulla ferita mentre finiva di bendarla.

"È una ferita superficiale, con un lieve danno muscolare. Dovete stare attento. Voglio rivedervi tra qualche giorno, per verificare come procede la guarigione. Il signor Bennet mi ha dato il vostro biglietto da visita. Verrò a visitarvi a domicilio, se per voi va bene."

"Sì, va benissimo," disse Martin.

"Ottimo." Il medico lo aiutò a rimettere camicia e gilet. Gli indumenti erano macchiati di sangue e il suo valletto lo avrebbe maledetto una volta tornato a casa.

"Hai bisogno che venga a casa con te?" chiese Rodney mentre il medico rimetteva i suoi strumenti nella borsa nera.

"No, va tutto bene. Sono certo che Anna senta la tua mancanza. Ti manderò un messaggio se avrò bisogno di te."

Lo sguardo di Rodney si colmò di preoccupazione, ma l'altro uomo annuì e fece per togliere la testa dalla portiera della carrozza.

"Bennet!" chiamò Martin.

Il suo amico si voltò verso di lui. "Sì?"

"Grazie. Per oggi... e per quel giorno in cui sei stato al fianco di Helen, tanti anni fa. Non avevo mai davvero capito cosa lei si fosse trovata ad affrontare. Questa mattina..." Martin rabbrividì e cercò di non muovere troppo il braccio ferito. "Quello che voglio dire è che sei un buon amico. Io non ti merito."

Rodney sorrise sfacciatamente. "Decisamente no.

Anna e io trascorreremo le feste a Londra, nel caso tu voglia venire a cena a casa nostra."

"Grazie." Martin guardò Rodney attraversare la strada e fermare una vettura pubblica di passaggio. Si sporse fuori dalla portiera e disse al suo cocchiere di portarlo a casa. Al club aveva dormito a malapena e il brandy che aveva bevuto la sera prima, assieme all'occhio gonfio e al braccio ferito, si stava facendo sentire. Non appena sarebbe arrivato a casa, sarebbe andato subito a letto. Non avrebbe pensato a Livvy fino a più tardi, dopo aver avuto la possibilità di riposarsi e di pensare.

Quando arrivò casa, il cocchiere lo aiutò a scendere e a raggiungere la porta.

"Grazie, Jim." Martin rivolse un cenno del capo al cocchiere prima di entrare. Harris stava uscendo dalla porta che conduceva ai quartieri della servitù e rimase di sasso quando lo vide.

"Signore?" Harris sussultò. "Cos'è accaduto?"

Quando il maggiordomo lo raggiunse, Martin lo congedò con un gesto. "Ti spiegherò più tardi, ma va tutto bene."

"Posso portarvi qualcosa?"

"No, non adesso. Credo di aver solo bisogno di dormire per qualche ora." Martin cominciò a salire le scale, trascinando i piedi. Si sentiva debole come un cagnolino. Quando arrivò in camera sua, sospirò contro la porta mentre girava la maniglia. All'improvviso, era stanchissimo. Se solo fosse riuscito a raggiungere il letto, sarebbe stato tutto a posto.

La porta si spalancò e lui si incamminò verso il letto. Ma non appena i suoi occhi si posarono su di esso, barcollò. Il letto non era vuoto. Livvy giaceva in esso, sotto le sue lenzuola, addormentata. I capelli scuri della giovane erano sparsi sul cuscino. Aveva un aspetto così dolce, così innocente e adorabile da fargli dolere il cuore.

Dovrei andare in un'altra stanza, ma sono dannatamente stanco. Martin trafficò col gilet e la camicia, sussultando mentre se li toglieva. Quando si lasciò cadere sul letto accanto a Livvy, l'oscurità calò su di lui quasi all'istante.

11

Livvy si accoccolò contro l'oggetto caldo e duro che giaceva accanto a lei. Era come dormire accanto a un fuoco ruggente mentre fuori nevicava. Livvy sospirò e sfregò la guancia contro l'oggetto, qualunque cosa esso fosse.

Starò sognando. Lentamente, si rese conto che suo padre non avrebbe mai potuto permettersi della legna extra per il fuoco nella sua stanza.

Si svegliò di soprassalto e fissò la sagoma immobile che giaceva accanto a lei nel letto. Non era nella sua stanza, a casa sua. Era nella camera da letto di Martin.

"Martin?" mormorò timidamente, sfiorando la schiena dell'uomo. Egli giaceva bocconi, con un braccio sotto il cuscino, il viso voltato verso di lei. Era pallido e la sua fronte era leggermente increspata, come se ciò che stava sognando lo turbasse. Quando era tornato? Livvy si era trascinata a letto verso mezzanotte ed era stata sicura che l'uomo non sarebbe tornato. E tuttavia, erano appena passate le sette di mattina, se l'orologio sulla mensola era corretto.

Livvy fece per alzarsi, ma Martin rotolò su un fianco e le passò un braccio attorno alla vita. Lei gemette quando vide uno spesso bendaggio bianco sul braccio dell'uomo. Quello stesso braccio ora la stringeva come un bambino avrebbe fatto con un amato pupazzo. E uno degli occhi di Martin era gonfio e scuro. Livvy ebbe un sussulto. Cosa gli era successo mentre era lontano?

"Martin?" Livvy pronunciò il nome dell'uomo a voce un po' più alta e lui si mosse, borbottando qualcosa riguardo al trovare un buon cavallo. *Starà sognando.* Livvy cercò con attenzione di staccarsi da lui. La pelle morbida del braccio dell'uomo era controbilanciata dai suoi muscoli duri e pesanti. Per un attimo, lei si ritrovò a guardare affascinata quei muscoli. Poi, si rimproverò e si concentrò sul sollevare il braccio dell'uomo. I suoi tentativi non fecero altro che spingerlo ad accentuare la presa sulla sua vita.

"Martin!" ringhiò lei.

"Hmm?" Il mormorio assonnato la irritò profondamente. Aveva davvero bisogno di usare il vaso da notte. Premette con vigore il palmo della mano sulla ferita bendata, sapendo che così facendo gli avrebbe fatto del male; ma in qualche modo doveva pur attirare la sua attenzione.

Martin sibilò e le lasciò immediatamente la vita, per poi mettersi seduto e stringersi al petto il braccio ferito.

"Che diavolo?"

"Mi dispiace! Non volevo farvi del male." Livvy spinse via le coperte del letto di Martin e cercò di aiutarlo, ma non sapeva cosa fare.

L'uomo ringhiò come un tasso irritabile e si alzò dal letto. "Va tutto bene." Le voltò le spalle mentre si recava al catino e si spruzzava dell'acqua fredda sul viso. Poi si sfregò l'asciugamano su mento e guance, asciugandosi.

"Cosa vi è successo?" Livvy si alzò dal letto e lo raggiunse da dietro, cercando di non farsi distrarre dalla vista della sua schiena muscolosa.

"Non voglio parlarne. Cosa diavolo ci fate nella mia stanza?" Il tono di voce freddo di Martin la spinse a fare un passo indietro. "Un uomo che si ritrova una donna nel letto potrebbe farsi strane idee. Dite che sono freddo, che sono crudele? Non sapete nulla di me. Ho giurato di non toccarvi senza permesso, ma quando siete voi a toccare me, come dovrei reagire?"

"Beh... Non avevo intenzione di... Non potete biasimarmi per ciò che accade mentre dormo!" esclamò di rimando lei, avvertendo uno strano imbarazzo mentre duellava verbalmente con l'uomo.

"In tal caso, non sareste dovuta entrare nel mio letto. Un uomo può muoversi sotto le sue lenzuola e se trova un soffice corpo femminile da afferrare, beh, non potete prendervela con me." Le labbra dell'uomo si contraevano come se egli fosse combattuto tra un cipiglio e un sorriso e, per qualche motivo, ciò la provocò ancora di più, facendole venire voglia di spingerlo a fare qualcosa di terribilmente pericoloso, come condividere un altro bacio.

"Ah no?" chiese in tono di sfida, al che Martin reagì proprio come lei aveva sperato e abboccò.

L'uomo si voltò e le passò un braccio attorno alla vita, imprigionandola nello stesso istante in cui lei quasi gli si buttò addosso. Il suo bacio fu quasi crudele, di una brutalità sconcertante, e Livvy non riuscì a far altro che cedere mentre il suo corpo la tradiva, sciogliendosi contro quello di lui. Gli affondò le unghie nelle spalle, vogliosa di avvicinarsi, bisognosa che la furia della loro discussione sfumasse nel calore del bacio.

Non avrebbe dovuto trovare piacevole la rabbia o la furia di Martin, ma in tutto ciò c'era qualcosa di profondamente sensuale, che la eccitava. L'uomo accentuò la presa delle braccia attorno a lei, sollevandola fino a quando i piedi di Livvy non smisero di toccare terra, e lei fu trasportata fino al letto. Lei gemette quando fu lasciata cadere sulle lenzuola. L'uomo le era sopra, ansimante mentre abbassava lo sguardo su di lei come un guerriero pronto a far sua una principessa catturata.

Livvy doveva proprio smetterla di leggere romanzi gotici. Le sue fantasie cominciavano a influenzare la sua mente razionale.

"Credete ancora che infilarvi nel mio letto sia sicuro? Io sono il mostro che vi ha comprata, Livvy; non dimenticatelo mai. Voi mi disprezzate; lo avete messo bene in chiaro. Ho preso in considerazione l'idea di rimandarvi a casa, ma un altro uomo, uno ancora peggiore di me, vi avrebbe certamente presa in pagamento per un debito, così come ho fatto io. Per cui, voi resterete qui fino a quando non riterrò sicuro riconsegnarvi ai vostri genitori." Martin distolse lo sguardo mentre un muscolo guizzava nella sua mascella. "Se dovessi ritrovarvi ancora una volta nel mio letto, non mi tratterrò. Per cui, se volete essere presa, sapete dove andare. Altrimenti, restate fuori dalla mia stanza."

Livvy si alzò frettolosamente dal letto e si affrettò a fuggire. L'umore tremendo di Martin l'aveva sconvolta, ma era chiaro che qualunque cosa fosse accaduta la notte prima aveva cambiato le cose. Lei aveva sbagliato a dire quelle cose di lui e ora Martin sembrava deciso a renderle vere.

Livvy si rifugiò in camera sua, dove Mellie stava preparando uno dei vestiti nuovi. Si trattava di uno splendido abito da sera azzurro pallido, con dei fiori dorati cuciti al corpetto e una reticella color oro chiaro a coprire le gonne. Lei non aveva mai indossato un abito così bello, in passato, e all'improvviso il senso di colpa le annodò lo stomaco.

"Va tutto bene, signorina?" chiese Mellie.

"Sì." La risposta le uscì un po' troppo velocemente e un po' troppo tremante, nonostante costituita da una sola parola.

"Il padrone è a casa. L'avete visto?" chiese la cameriera, le sopracciglia congiunte dall'ansia.

"Ecco... sì." Livvy si incamminò verso il camerino per usare il vaso da notte. "È rimasto ferito ieri notte, ma non so esattamente come. Si è comportato in maniera molto rozza e non ha voluto condividere alcun dettaglio."

La cameriera rimase nella camera da letto, dandole un momento per fare i suoi bisogni. Quando Livvy tornò, era pronta perché Mellie la aiutasse a indossare il vestito nuovo.

"Ecco fatto. Ora andate a mangiare qualcosa." Mellie la cacciò dalla stanza e Livvy si rassegnò a restare da sola per tutto il giorno. Non che la solitudine le dispiacesse, ma in quel caso era diverso. La tensione tra lei e Martin sembrava riempire la casa di un intrico invisibile di cattivi presagi e a lei questo non piaceva. Riempì un piatto di cibo nella sala da pranzo e si sedette su una sedia che dava su una finestra sul giardino.

A nessuno sarebbe importato che lei non fosse a tavola. Martin non sarebbe sceso tanto presto. Livvy si appoggiò il piatto sulle cosce e piluccò un uovo in camicia mentre esaminava i cespugli di rose congelati che sfioravano i pannelli di vetro. La brina trasformava il verde scuro delle foglie in un color spuma di mare e cristalli di ghiaccio dalle forme squisite istoriavano il vetro. Livvy aveva sempre amato il ghiaccio e la neve. Sì, il freddo poteva essere spaventoso, ma l'inverno, di per sé, era bellissimo. Allungò una mano verso la finestra, percorrendo con delicatezza i motivi della brina sul vetro. Sorrise, sognando tempi più semplici.

"Cosa state facendo?" chiese bruscamente Martin da

dietro le sue spalle. Lei sobbalzò, rischiando di rovesciare la colazione che aveva in grembo.

"Oh!" Livvy raddrizzò il piatto di porcellana e si rilassò. "Stavo guardando la brina." Gesticolò verso i vetri ghiacciati.

"La brina?" rispose cupamente l'uomo. "Cosa diavolo vi importa della brina?"

Livvy si morse la lingua. Era stata lei a provocare quel linguaggio crudele. Non intendeva peggiorare la situazione. Invece, si concentrò sulla sua risposta.

"La brina è bellissima."

"Perché le donne sono così ossessionate dalla bellezza?" Martin le voltò le spalle per sollevare la calotta che copriva un piatto molto caldo e inalò a fondo.

"Non mi concentro sulla bellezza fine a se stessa," ribatté lei, cercando di non adirarsi.

"No?"

"No. Amo studiare la bellezza, soprattutto quella della natura. La brina è bellissima per via della sua simmetria. Lo stesso vale per i fiocchi di neve."

"Simmetria?" L'uomo si voltò verso di lei, un piatto pieno tra le mani mentre la raggiungeva alla finestra. Ora sembrava meno arrabbiato e più affascinato.

"Sì." Livvy indicò il bordo della brina. "Osservate il bordo, dove la brina comincia a formarsi. È una forma di auto-similarità ricorsiva. Ne ho letto in un libro di matematica. Un filosofo e matematico del Diciassettesimo secolo di nome Gottfried Leibniz ha discusso dell'auto-similarità ricorsiva. Leibniz ha suggerito che i motivi ripetuti negli oggetti naturali sarebbero affini alla geometria, ma nessuno è riuscito a stabilire un vero e proprio legame tra quelle componenti frazionarie, come le chiamava lui, e la geometria. La maggior parte dei matematici oppone resistenza a tali teorie, semplicemente perché ha paura di tuffarsi nell'ignoto. Ma io le trovo affascinanti."

"Avete una mente matematica?"

"No." Livvy annuì con sarcasmo. "Ma ho una mente che si concentra sui concetti. Riesco a vedere gli schemi, a riconoscerli, ma non sono capace di spiegarli con equazioni o formule."

"Siete una filosofa, allora," concluse Martin. Le sue labbra ebbero un guizzo e il cuore di Livvy spiccò un balzo. Ora non era arrabbiato. Poteva correre il rischio di scusarsi? Sì.

"Non volevo dire quello che ho detto."

Martin non parlò e, per un istante, lei temette che non avesse sentito.

"Avete diritto ad avere un'opinione su di me, anche se essa non è completamente fondata," disse infine.

L'uomo stava ancora guardando la brina, non lei, e Livvy gli appoggiò con esitazione una mano sul ginocchio.

"La mia opinione era sbagliata. Voi mi avete comprata per rabbia e quella rabbia è solo una piccola parte di ciò che siete. Ci sono anche altre parti, parti migliori, che fanno di voi l'uomo che siete."

"Io non sono un brav'uomo, Livvy."

Lei lo osservò attentamente. "Lo siete, ma credo che sia trascorso molto tempo dall'ultima volta in cui vi siete concesso di vedere quella parte di voi."

L'uomo si accigliò, ma la sua non era un'espressione di rabbia. Era più come se lei avesse cominciato a tirare il filo che teneva ferma la maschera dietro alla quale lui stava cercando di nascondersi. Un giorno, lei lo avrebbe rimosso completamente e Martin si sarebbe reso conto di essere un uomo migliore di quanto lui stesso pensasse.

"Finite la colazione," disse il signor Banks, per poi fare una breve pausa prima di proseguire. "Potremmo andare alla fiera del gelo, sempre che voi ve la sentiate."

"Sì!" esclamò lei. "Oh, sarebbe splendido." Livvy divorò il resto della colazione e Martin fece lo stesso. Lei cercò di contenere l'entusiasmo, ma scoppiava dal sollievo e dalla gioia. Avevano fatto la pace e sembrava che quell'orribile distanza tra di loro fosse svanita quasi completamente. Ora, quando lei lo guardava, vedeva un uomo dal cuore vulnerabile proprio come il suo, un uomo bisognoso di affetto e di accettazione.

"Andate a prendere il mantello," disse Martin con un sorriso gentile mentre uscivano insieme dalla sala da pranzo.

"Ci vorrà solo un momento."

Livvy corse al piano di sopra per recuperare mantello e manicotto e indossò i suoi stivali neri più robusti. Una volta di ritorno in fondo alle scale, Martin la attendeva vicino all'ingresso, il cappello in mano e il cappotto nero addosso, il ritratto della bellezza mascolina. Livvy arrossì, cercando di nascondere il viso mentre infilava le mani nel manicotto di ermellino e lo raggiungeva.

"La mia carrozza ci porterà al Tamigi."

Martin la condusse giù dai gradini e fino alla carrozza, su cui salirono. Si sedettero l'uno accanto all'altra, questa volta, piuttosto che di fronte. La loro nuova vicinanza era molto più intima di quanto lei si fosse aspettata e Livvy arrossì tutte le volte che il ginocchio dell'uomo sfiorava il suo. Non riuscì a trattenersi dall'immaginare come sarebbe stato quando, presto... e come i loro corpi avrebbero...

Dio, devo smetterla di immaginare di andare a letto con quest'uomo, o la mia faccia sarà rossa come una ciliegia per tutto il giorno.

Rabbrividì un poco e Martin se ne accorse.

"Avete freddo?" L'uomo allungò una mano attorno a lei e le appoggiò un braccio sulle spalle, attirandola contro il proprio fianco. Era un gesto semplicissimo per lui, ma una tortura per lei, perché sentiva il profumo di cuoio e sandalo di Martin e ciò le faceva venire voglia di arrampicarsi sul suo grembo e di avvicinarsi ancora di più.

"Sì, ne avevo," mentì. Se avesse confessato la natura dei suoi pensieri, l'uomo avrebbe potuto baciarla e così non sarebbero mai andati alla fiera del gelo.

Più la carrozza si avvicinava al Tamigi e più lei si sporgeva verso il finestrino del veicolo, perché sentiva i rumori della folla. Quando arrivarono al fiume, scese sussultando sulla riva. Il fiume era davvero congelato e, su quasi due miglia di ghiaccio, era stata costruita una piccola città. Casette di legno, grossi tendoni e ogni genere di bancarelle erano stati eretti in fretta e furia. Migliaia di persone erano sul ghiaccio e quel rumore, la cacofonia del villaggio sorto dal nulla, era sconcertante.

"Che roba, eh?" chiese ridacchiando Martin. Le offrì il braccio e lei lo prese mentre cominciavano a camminare lungo il pendio e fino al bordo del fiume. Gli stivali di Livvy scivolarono e lei sussultò, il cuore che le balzava in gola mentre perdeva l'equilibrio. Braccia forti le circondarono la vita e lei fu afferrata da Martin, i loro corpi premuti l'uno contro l'altro. Persino attraverso gli strati di tessuto lei riusciva a sentire il calore del corpo dell'uomo che la frastornava in maniera deliziosa.

Livvy si spostò timidamente sul ghiaccio e trattenne il fiato. Quando il ghiaccio sotto i suoi piedi non si spaccò, lei esalò per il sollievo. Stava camminando sul Tamigi!

"Cos'è quella?" chiese, indicando un'enorme lastra di pietra vicina alla riva. Su di esse erano incise delle parole.

Martin lesse l'iscrizione:

Behold the liquid Thames now frozen o'er
That lately Ships of mighty Burthen bore.
The Watermen for want of Rowing Boats
Make use of Booths to get their Pence & Groat
Here you may see Beef Roasted on a spit.

And for your Money you may taste a bit.
There you may print your Name, tho' cannot write,
Cause num'd with Cold: 'Tis done with great Delight.
And lay it by, that Ages yet to come
May see what Things upon the Ice were done.[1]

"Risale all'ultima fiera, del 1814," aggiunse l'uomo. Le tenne un braccio attorno alla vita, sorreggendola mentre camminavano con prudenza sul ghiaccio scivoloso fino a una striscia di sabbia che formava un sentiero che conduceva alla piccola città costruita sul fiume.

Un gruppo di uomini si trovava sul confine della città di ghiaccio e il loro capo tese la mano a Martin. Costoro erano vestiti in maniera leggermente rozza ed erano un po' sporchi.

"Dieci scellini per voi e la signora." L'uomo aveva in mano una scatola con una fessura sulla sommità, dove infilare le monete.

"Certo. Ecco qui. Quali sono le bancarelle col sidro e la birra migliori?" chiese Martin mentre pagava l'uomo. Il gruppetto si fece da parte per farli passare.

L'uomo che teneva il denaro sorrise e indicò una bancarella al centro della prima fila di attività. "Quella del pub di O'Malley. Lui non è cattivo, anche se è irlandese. Ha la birra migliore del Tamigi."

"Grazie." Martin rivolse agli uomini un cenno del capo mentre passavano loro accanto.

"Perché avete pagato?" chiese Livvy, lanciando un'occhiata agli uomini che facevano ancora la guardia all'ingresso della Fiera.

"Quelli sono battellieri. Di solito, si guadagnano da vivere trasportando persone lungo il Tamigi e aiutando i chiattaioli a caricare e scaricare la merce. Quando il fiume gela, non possono più lavorare. Sono loro che comandano, alla fiera; tutti questi commercianti che vedete hanno pagato per costruire le loro bancarelle." Martin indicò mentre camminavano lungo la strada di sabbia e ghiaccio. Concerie, gioiellerie e persino pub temporanei erano tutti lì, sul ghiaccio. Si stavano avvicinando a Blackfriar Bridge quando una mostruosa sagoma grigia apparve sulla riva del fiume, vicino all'acqua.

"Cos'è quello?" Livvy indicò la sagoma. Quando si avvicinarono, lei quasi rise quando la riconobbe, essendo convinta che doveva essere un sogno.

"Un elefante! Deve venire dallo zoo. Mio Dio, guardatelo." Un'espressione di stupore e delizia infantili brillò sul viso di Martin e il cuore di Livvy mancò un battito. Quello era il Martin con cui voleva stare, l'uomo che la faceva sentire come se avesse ancora un futuro in cui sarebbe stata corteggiata, amata e destinata a una vita felice.

"Venite. Lo faranno camminare sul ghiaccio!" Martin la tirò per la mano mentre correvano come bambini verso l'elefante e la folla che lo osservava. L'enorme, splendida creatura stava marciando orgogliosa sul ghiaccio. Un uomo indiano vestito con abiti dai colori vivaci sorrideva e incoraggiava l'elefante a continuare a camminare. Era una delle scene più magnifiche a cui

Livvy avesse mai assistito. I suoi occhi bruciarono di lacrime mentre guardava l'elefante sollevare la proboscide e toccare con affetto la spalla del suo addestratore.

"Possiamo avvicinarci?" chiese Livvy a Martin.

"Immagino di sì. Da questa parte." La condusse verso la folla, fino a quando non si trovarono a meno di un paio di metri di distanza.

"Scusate!" esclamò Martin, rivolto all'uomo che conduceva l'elefante.

L'uomo si voltò verso di loro, sorridendo leggermente mentre accarezzava la proboscide dell'animale. "Sì?"

"Possiamo avvicinarci? Mia..." Martin la guardò. "Mia moglie vorrebbe vedere da vicino il vostro splendido animale."

"Davvero?" Il sorriso dell'uomo si allargò. "Venite, signora, venite." Fece cenno a Livvy di avvicinarsi.

Le si avvicinò, ammaliata dalla creatura dalla pelle grigia e cuoiosa. L'elefante abbassò lo sguardo su di lei, muovendo lentamente le orecchie mentre sollevava la proboscide con aria curiosa e ondeggiava leggermente.

"Posso toccarlo?" chiese all'uomo.

"Sì, sì, certo." L'uomo tese la mano a Livvy e lei si avvicinò a una trentina di centimetri dall'elefante. La proboscide dell'animale la toccò sulla spalla coperta dal mantello e lei allungò una mano, togliendosi i guanti in modo da poterla toccare. La pelle aveva una consistenza simile al cuoio come sembrava, ma era anche più morbida di quanto lei si fosse aspettata e coperta di peli sottili. Livvy rise di gioia quando strinse la proboscide come avrebbe fatto con la mano di una persona durante una presentazione.

"Guardate, Martin!" esclamò. L'uomo la stava guardando da una certa distanza. "Venite a toccarlo. È magnifico."

Martin scosse la testa. "Credo di essere già abbastanza vicino. Ho visto uno di questi animali in Africa, nel periodo che ho trascorso in Egitto. Non sono nativi della zona, ma un gentiluomo che conoscevo aveva insistito per farli portare laggiù. C'era un maschio gigantesco, che si infuriò dopo essere stato trascinato per la sabbia e calpestò un uomo, schiacciandolo."

Livvy guardò il gigante gentile che aveva accanto e sospirò. "Martin, vedo i suoi occhi. Sono nobili e colmi di pace. Non vi farà del male." Livvy accarezzò l'elefante e questi mosse lentamente le orecchie, come per confermare le sue parole.

"È terribilmente grosso e—" disse nervoso Martin.

"Martin, se verrete qui subito, io verrò da voi questa notte." Livvy usò un tono di voce basso, ma molto chiaro.

L'uomo spalancò gli occhi. "Come, stanotte?"

"Sì." Lei aveva preso quella decisione un po' di tempo prima, quando lo aveva visto a colazione. Voleva ritrovare l'uomo con cui aveva riso, con cui aveva fatto compere, con cui aveva scambiato dei libri.

"Se io tocco un elefante..." Martin si schiarì la voce. "Allora..."

"Sì," ripeté lei. "Ora smettetela di avere paura."

Martin si avvicinò a lei e alla bestia, guardando nervosamente l'elefante.

"Gli elefanti sono mansueti," gli assicurò l'addestratore indiano.

"L'esperienza mi insegna diversamente," borbottò Martin. Passò un braccio attorno alla vita di Livvy e con l'altra mano toccò la proboscide dell'elefante. Si irrigidì quando l'elefante ondeggiò nuovamente ed emise un lieve suono simile a quello di una trombetta.

"Toglietevi il guanto," lo incoraggiò Livvy. Quando lui lo fece, l'elefante gli diede un colpetto sulla spalla. L'uomo indiano gli porse una pesca.

"Dategli questa."

Martin prese la pesca e la tenne sollevata. L'elefante gli prese con destrezza il frutto dalla mano, se lo portò alla bocca e lo mangiò, a occhio e croce, in un sol boccone.

"Non è la cosa più splendida che abbiate mai visto?" Livvy permette la guancia contro la spalla di Martin. Lo aveva spinto a sconfiggere la paura e ne era felice. Lui l'aveva fatto per lei.

"Direi proprio di sì." Martin accarezzò la zampa anteriore dell'elefante, dopodiché lui e Livvy si fecero da parte per permettere all'addestratore di prendere il controllo dell'animale. Martin diede all'addestratore qualche moneta per ricompensarlo per la sua pazienza.

"Andiamo a bere qualcosa?" propose Martin.

"Sì, per favore." Livvy salutò l'addestratore mentre si

rimescolavano alla folla. Quando trovarono un pub sul ghiaccio, Martin ordinò due pinte di birra e gliene porse una.

"Bevete lentamente," la ammonì.

Livvy bevve un sorso e fece una smorfia. Quel sapore amaro non era di suo gradimento. Preferiva di molto il vino e lo sherry.

"Non fa per voi, eh?" Martin ridacchiò. "La berrò io, allora." Chiamò con un gesto uno dei baristi. "Un bicchiere di vino per la signora."

Martin portò le sue due pinte a un tavolino e Livvy si sedette accanto a lui. Bevvero in un silenzio piacevole mentre guardavano la folla e i giochi che si svolgevano sul ghiaccio. La fiera del gelo era davvero fantastica.

"Riuscite a credere che questo non accadeva dal 1814? È capitato che il fiume gelasse parzialmente, ma mai al punto da far sì che ci si potesse camminare sopra."

Livvy si appoggiò a lui. "Perché non capita più spesso?"

"È per via della velocità a cui scorre il fiume e della sua profondità. I fiumi poco profondi gelano più spesso. È da tempo che il Re migliora la navigabilità dei corsi d'acqua rendendoli più profondi. Ora il fiume non gela molto facilmente."

"Che peccato," sospirò Livvy. "Trovo tutto questo decisamente magico."

"Anch'io, ma la magia deve cedere il passo al progresso."

Caddero entrambi in un tranquillo silenzio mentre finivano di bere e osservavano la fiera che li circondava. Livvy avrebbe voluto che durasse per ore. Notò una grossa zona per ballare, dove un gruppo di uomini suonava alcuni violini e la gente piroettava al ritmo di una giga.

"Possiamo ballare?" Livvy aveva sempre amato ballare, aveva sempre amato la sensazione di volare tra le braccia di un bel partner. Aveva partecipato a solo due balli, nel corso di quell'anno, ma ciascuno di essi era stato mozzafiato.

"Suppongo di sì." Martin finì la seconda pinta di birra e si alzò. Le tese una mano guantata, che lei accettò.

Una volta raggiunta la zona da ballo, scoprirono che il ghiaccio era coperto da uno strato di sabbia, proprio come il sentiero.

"Fate attenzione," la ammonì Martin mentre si univano alle altre coppie in fila per ballare. I musicisti cominciarono a suonare una melodia allegra e le coppie poste una di fronte all'altra fecero a turno a ballare lungo il corridoio, per poi separarsi e ballare tracciando coppie di ampi cerchi. Livvy ridacchiò mentre lei e Martin piroettavano, facendo del proprio meglio per non scivolare sul ghiaccio.

Dopo tre balli, Livvy era rossa in viso e ansimante, e il corsetto le dava la sensazione di essere un po' troppo stretto.

"Riposiamoci un po'." Martin la condusse lontano

dai ballerini e lungo una via di negozi sorti per l'occasione. Si fermarono a una bancarella che vendeva bastoni da passeggio.

"Oh, sono bellissimi, Martin. Voi ce l'avete un bastone?"

"No, ma non ne ho bisogno." Livvy lo sapeva, ma un uomo con un bastone da passeggio era, beh, *distinto*.

"Credo che averne uno vi renderebbe molto affascinante," disse mentre andava dal negoziante, che sostava nelle vicinanze con un barlume di speranza negli occhi.

"Affascinante? State cercando di fare di me l'eroe di uno dei vostri romanzi gotici?" la prese in giro Martin. Lei sorrise con impudenza.

"Può darsi. Devo ammettere che adoro i gentiluomini dalla bellezza cupa e l'espressione tetra che brandiscono bastoni da passeggio."

Martin levò gli occhi al cielo. "Beh, io sono ben lontano dall'avere una bellezza cupa." Indicò i capelli dorati che brillavano nella splendente luce invernale.

"È vero. Somigliate più a un angelo caduto, forse."

"Un angelo? Bah!" sbuffò bonariamente l'uomo.

"Cos'è un diavolo, se non un angelo caduto?" ribatté Livvy. "Ma dico sul serio. Credo che dovreste avere un bastone. Guardate questo." Scelse un bastone di ciliegio scuro. L'impugnatura era decorata da un corno d'alce ricurvo, intagliato nella forma di una nobile testa di lupo.

"Beh, questo è davvero bello." Martin osservò il bastone e poi Livvy. Lei sperava che lui l'avrebbe comprato. Avrebbe combaciato fin troppo bene con le sue fantasie gotiche personali.

"D'accordo. Quanto viene?" chiese Martin al negoziante.

"Venti scellini."

"Ecco qui." Martin pagò il negoziante e prese il bastone, usandolo per mantenere l'equilibrio mentre lui e Livvy attraversavano una lastra di ghiaccio scivolosa continuando il cammino lungo la fila di negozi, fino a quando non venne il momento di tornare a casa.

L'oscurità si stava allungando sugli edifici quando arrivarono.

"Perché non vi riposate un po'? Abbiamo qualche ora prima di cena."

"Credo che lo farò, grazie." Livvy si alzò in punta di piedi e schioccò un bacio sulle labbra di Martin prima di correre via. Era fin troppo facile stare con lui e quella sera lei avrebbe mantenuto la promessa. Sarebbe andata nella sua stanza e...

Arrossì al solo pensarci.

Ma una promessa è una promessa, e quella lei voleva davvero rispettarla.

12

Martin si prese il suo tempo per vestirsi per la cena. Non riusciva a scrollarsi di dosso il nervosismo mentre Byrd finiva di allacciargli il fazzoletto da collo.

"Va tutto bene, signore?" chiese il suo valletto.

"Sì, certo. Perché me lo chiedi?"

"Beh... siete agitato." Byrd ridacchiò. "È molto inusuale per voi, signore."

"Beh..." Martin deglutì, imbarazzato nello scoprire di essere così trasparente. "Ammetto di essere un po' nervoso."

"Per caso vi state innamorando della signorina Hartwell?" chiese Byrd, mentre finiva di sistemare il fazzoletto e faceva un passo indietro per controllare il proprio operato.

Per poco Martin non ringhiò. Lui non *amava* la figlia

dell'uomo che aveva giurato di odiare. Poteva anche ammettere che lei gli piaceva, che era attratto da lei, ma l'amore?

"Non è amore; al massimo, è un'infatuazione. Ma sembra che mi faccia parecchio effetto." Osservò con occhio critico il proprio aspetto allo specchio. Il suo gilet verde bottiglia dal ricamo d'argento metteva in risalto la seta e i suoi pantaloni in pelle di daino stavano molto bene. Livvy avrebbe approvato? Lo aveva definito un angelo caduto. Questo significava che lo trovava affascinante, o semplicemente un diavolo ben presentato? Martin sapeva di non avere un aspetto gradevole, ma era ben diverso sentirselo dire da una signora.

"State benissimo," gli assicurò Byrd. "E anche la fonte della vostra *infatuazione* approverà," aggiunse il valletto con un sorrisetto soddisfatto.

Martin non aveva mancato di notare che il suo staff si era già affezionato a Livvy. Anche a lui piaceva: era arguta, intelligente e molto divertente, tra le altre cose.

"Non avrò bisogno di te dopo la cena, hai capito? La serata è nostra." Il valletto annuì; capiva, ma sapeva di non doversi impicciare.

Quella sera, Martin evitò la giacca e scese a mangiare. Livvy era già lì, in piedi vicino al fuoco, a sfregarsi le mani. Indossava l'abito di seta rossa che lui le aveva comprato, quello con la scollatura deliziosamente bassa. Una reticella nera tempestata di minuscoli cristalli le copriva le gonne, lasciando che il rosso provocante facesse capolino attraverso l'ampia apertura davanti all'abito. Non era un indumento molto complesso, ma ebbe l'effetto desiderato su di lui. Martin non poté fare altro che immaginare di infilare le mani sotto la seta rossa, osservando la luce del fuoco scintillare sulle centinaia di cristalli cuciti nella reticella nera delle gonne di Livvy.

Trattenne il flusso di calore che gli correva attraverso il corpo. Non sarebbe stato né attraente né comodo stare seduto per tre portate col membro eretto.

Resisti, vecchio mio, ordinò silenziosamente a se stesso.

"State benissimo," disse quando raggiunse Livvy vicino al fuoco.

"Grazie." Lei gli sorrise e le sue ginocchia tremarono pericolosamente. Perché permetteva a quella donna di fargli un effetto simile?

"Ehm, mangiamo?" Lui indicò il tavolo.

"Sì, grazie." Martin tirò indietro la sedia più vicina alla sua a capotavola e Livvy prese posto con grazia. Lui si era sempre meravigliato di come le signore riuscissero a muoversi in maniera così silenziosa e aggraziata. Livvy non faceva eccezione. Le sfiorò la nuca con un dito, gioendo del piccolo brivido che sentì. Quindi, si sedette e fece cenno al lacchè di servire la prima portata.

Era zuppa di tartaruga, uno dei suoi piatti preferiti. Anche Livvy parve trovarlo gradevole e, a giudicare dal modo in cui sorrideva leggermente, Martin capì che aveva in mente qualcosa.

"Cosa c'è?" chiese, sporgendosi verso di lei.

"Non riesco a credere che... che ho detto che sarei..." Un rossore tinse le guance di Livvy. "Non riesco a credere di averlo fatto."

Martin ingoiò un'imprecazione. Livvy stava cercando di tirarsi indietro? Se sì, avrebbe dormito con le palle più blu della storia dell'umanità. Ma aveva promesso di lasciare che fosse Livvy a stabilire il passo e intendeva mantenere la parola.

"Volete cambiare idea? Io non vi chiederei mai..."

"No!" La giovane ridacchiò, ma era rossa in viso. "No. Volevo dire che voglio farlo, ma ammetto di essere spaventosamente nervosa."

"Oh. Sì, capisco." Martin si schiarì la voce. "Perché non avete mai–"

"Sì."

"Beh, è molto meglio se non avete fame." Martin prese il suo bicchiere di vino e bevve profondamente. Lui stesso aveva i nervi a fior di pelle. Di fronte alla prospettiva della loro prima notte insieme, era come se anche lui fosse vergine.

"Credo di essere troppo nervosa per mangiare," ammise sottovoce Livvy, posando il cucchiaio.

"Cosa... Cosa posso fare?" chiese Martin.

"Potremmo fare in fretta?" chiese Livvy.

"In fretta?" Quelle parole avevano un sapore terribile. Non si poteva fare l'amore in fretta, soprattutto non con una vergine.

"No, chiedo scusa. Mi sono espressa male. Se cominciassimo subito, questo potrebbe... alleviare le mie paure."

Livvy spinse indietro la sedia e si alzò, tendendogli la mano. Martin la fissò per un istante, chiedendosi se stesse dicendo sul serio.

La donna stava... dicendo assolutamente sul serio. *Buon Dio.*

Disorientato, Martin la prese in parola ed entrambi abbandonarono la cena. Lei si fermò quando arrivarono in cima alle scale.

"Il vostro letto o il mio?" chiese.

"Il mio," rispose lui, la voce un po' brusca mentre cercava di controllare la sua eccitazione sempre più intensa. Doveva evitare di spaventarla con la propria lussuria. Dopo che furono entrati nella stanza, Martin chiuse la porta alle loro spalle. Quando si voltò nuovamente verso Livvy, vide il panico lampeggiare nel suo sguardo.

"Livvy, non siete obbligata," le assicurò. Non voleva costringerla a fare nulla che lei non volesse. La giovane si appoggiò alla pediera del suo letto e lo guardò attraverso le ciglia scure.

"Voglio farlo, ma potreste baciarmi, prima?" chiese.

Martin annuì in silenzio e la avvicinò. Gli splendidi occhi nocciola di Livvy brillavano alla luce del fuoco e lui osservò il proprio riflesso nel suo sguardo, sperando di poter rendere quella notte magnifica per lei. La giovane gli portò una mano al petto e la fece scivolare lentamente fino al suo ventre. Il suo tocco esploratore gli fece contrarre l'addome. Le afferrò delicatamente il polso e si portò le sue mani alle labbra, baciandole teneramente il palmo prima di usare l'altra mano per inclinarle la testa all'indietro.

La lussuria ardeva dentro di lui, ma Martin si aggrappò al proprio collaudato autocontrollo. Le sue dita bramavano toccare Livvy, la sua bocca assaporarla, il suo corpo penetrare nel suo e fondersi in un unico essere vivo e sazio. Ma sapeva che, una volta che lui e Livvy si fossero uniti, sarebbe stato infinitamente meglio di quanto fosse stato con qualunque altra donna.

Il piacere gli pulsava nelle vene mentre, lentamente, portava le labbra a quelle di lei. La bocca di Livvy era morbida e fin troppo baciabile. Martin avrebbe potuto mordicchiarla e baciarla per giorni. Lasciò che le sue labbra le dicessero ciò che lui non trovava le parole per dire.

Mi sto innamorando. Aveva cercato di ingannare se stesso, convincendosi che fosse una semplice infatuazione, ma era ben di più. Ora non poteva negare ciò che provava.

Il suo bacio fu lungo e lento. Martin si prese ogni singolo istante per godersi l'esplorazione di Livvy. Ma dopo averla sentita ansimare, percepì che lei era pronta per il resto di ciò che la notte avrebbe portato.

La fece voltare delicatamente in modo da poterle slacciare il vestito e lo lasciò cadere a terra. Poi le slacciò il corpetto e lasciò ricadere le sottogonne sul pavimento. Quando le rimasero addosso solo la sottoveste e le calze, lui la sollevò e la posò, seduta, sul bordo del letto. Quindi le sollevò un piede e allungò una mano verso la sua coscia per slacciare i nastri delle calze. Giocherellò coi nastri di seta e lei gemette quando le sue dita vagarono verso l'alto. Poi srotolò ciascuna calza e la fece cadere a terra.

I loro sguardi si incontrarono e Martin non poté non notare la pulsazione della gola di lei mentre le toccava il collo con le dita. La giovane donna tremò mentre si guardavano a vicenda. Martin avrebbe potuto lasciare che il suo tocco si soffermasse per sempre, prendersi del tempo per esplorarla, ma negli occhi di Livvy c'era un'attesa che rese il momento ancora più elettrico.

"E voi?" La giovane allungò le mani verso il suo gilet.

"Ogni cosa a suo tempo." Martin le sfilò la sottoveste e Livvy tremò mentre giaceva gloriosamente nuda sul suo letto. Sembrava un sacrificio al dio pagano della lussuria. Martin poteva anche non essere un dio, ma gli sarebbe piaciuto prenderla in dolce sacrificio.

"Signor Banks–" Livvy cercò di coprirsi i seni, ma lui le prese i polsi in una mano e la fece sdraiare. Quindi le bloccò i polsi sopra la testa, contro le morbide lenzuola.

"Uno di questi giorni, vi fiderete di me abbastanza da chiamarmi Martin sempre e non solo a volte."

"Uno di questi giorni," confermò lei, rilassandosi un poco.

"Lasciate che vi mostri il piacere, Livvy. Chiudete gli occhi e lasciatevi andare."

La giovane fece come lui aveva chiesto e Martin si

sdraiò accanto a lei, sfregandole il naso contro il collo, leccando e baciando i punti sensibili dietro l'orecchio e lungo la clavicola. Quindi, dedicò le proprie attenzioni ai seni. Livvy gemette e sussultò quando lui le prese un capezzolo in bocca e lo succhiò, facendogli assumere un colorito rosso che gli piacque. La pelle della giovane era come velluto, morbida e dolce, e lui la coprì di baci. Dio, i seni di quella donna erano la perfezione fatta e finita. Martin non vedeva l'ora di tuffare la testa contro la loro morbidezza dopo aver finito di fare urlare Livvy dal piacere. Le lasciò i polsi e fece scivolare la mano libera lungo il suo ventre e sul suo monticello. Schiuse il cespuglio di peli scuri che contornava le labbra del sesso. Erano umide e calde mentre lui le esplorava con le dita carezzevoli. Livvy agitò l'inguine quando lui la penetrò con un dito.

"Santo cielo, quanto siete stretta."

"Stretta?" gemette lei, spalancando gli occhi. "È un male?"

Martin ridacchiò. "No, anzi. Ma ci vorrà un po' di tempo prima che io possa penetrarvi. Avete capito?"

"Ecco... Sì, credo di sì," mormorò Livvy, mentre un nuovo rossore le macchiava le guance.

Martin aggiunse un secondo dito al primo, muovendoli a un ritmo lento e sensuale mentre ricominciava a baciarla. La tenne appesa a un filo, sorprendendola con baci teneri e bruschi. Il tutto mentre giocava con lei, facendole sentire la penetrazione serrata delle sue dita in attesa che lei fosse pronta.

Livvy ansimava e aveva uno sguardo sognante mentre lo osservava alzarsi dal letto e togliersi i vestiti. Quindi, Martin la raggiunse di nuovo a letto e le allargò le gambe mentre calava lentamente su di lei. Livvy si irrigidì e il suo respiro si fece affannoso mentre lui guidava la propria asta verso il suo ingresso.

"Cercate di rilassarvi. Dopo la prima volta, non sarà più così." Martin spinse e Livvy strinse i denti, il dolore visibile nei suoi splendidi occhi.

Così non andava bene.

Martin le sfregò il naso contro la gola e catturò le sue labbra in un bacio profondo e ardente. Livvy si rilassò e lui affondò bruscamente. Sentì l'imene della giovane lacerarsi e lei piagnucolò contro le sue labbra, ma lui rimase immobile, dandole il tempo di rilassarsi e di abituarsi a lui. Si dedicò con tutto se stesso al delizioso compito di distrarla coi baci e si sollevò leggermente per darle la possibilità di riprendersi. Le mani della giovane si muovevano tra i suoi capelli, impigliandosi nelle ciocche e stringendolo più vicino a lei.

Martin aveva sempre voluto la passione da parte delle sue amanti, ma la situazione, ora, era diversa. Livvy era dolce, innocente, ma passionale in una maniera che lui non si era mai aspettato. Le sue mani non accarezzavano con le movenze controllate e seducenti della sua ultima amante. Lei afferrava, stringeva, artigliava, gemeva e si divincolava, lasciando che fossero il suo corpo e i suoi desideri a dettare le sue azioni. Lui le succhiò la lingua, facendole avvertire la sua fame mentre cominciava finalmente a muovere l'inguine. Uscì da lei e poi, lentamente, rientrò. Livvy lo stringeva come in un pugno e lui perse quasi conoscenza di fronte a quel piacere squisito. Gli ci volle un minuto per rientrare. Il calore ardente e umido del centro di lei la accolse al terzo affondo.

"Vi fa ancora male?" mormorò Martin.

"No– no," rispose Livvy, gemendo quando lui inclinò l'inguine e la penetrò a un nuovo angolo, più acuto.

"Grazie a Dio," gemette Martin, affondando profondamente, spinto da un bisogno duro e brutale. Non era mai stato il tipo da amoreggiare delicatamente, perlomeno non dopo che aveva soddisfatto a dovere una donna. Stava cercando di essere più lento, più gentile.

Livvy gli affondò le unghie nella schiena e lui sibilò, senza fiato. "Più in fretta."

Martin abbandonò il poco controllo che gli restava e si impadronì del corpo della giovane, tramutato in una bestia affamata in cerca del piacere dell'orgasmo di lei e del proprio. Livvy sollevò l'inguine, prendendolo più in profondità. Lui penetrò a fondo, poi poco, poi lentamente, poi velocemente, senza mai lasciare che lei trovasse un ritmo. Gli piaceva la luce di sconvolgimento gioioso ed eccitato nei suoi occhi tutte le volte che lui la prendeva con un'altra mossa a sorpresa.

Senza preavviso, Livvy esplose sotto di lui e chiamò il suo nome. La giovane si lasciò andare e lui pompò ancora più velocemente, fino a quando il suo corpo non dolette, esigendo un'altra spinta; e poi Martin venne. Un grido roco gli sfuggì dalla bocca mentre si scioglieva dentro di lei. Sarebbe dovuto uscire, oppure avrebbe dovuto usare una lettera francese, ma si era perso in quella donna e in quel momento. Rimase lì, sdraiato sopra di lei, sentendo il canale di Livvy che lo stringeva in preda ai postumi del piacere. L'orgasmo di Livvy era stato pura gioia e Martin non poteva negare che tutto, in quella donna, in quel momento, gli fosse parso *giusto*.

Abbassò lo sguardo su di lei e Livvy lo sollevò su di lui, le guance arrossate e gli occhi lucidi. "Come state?"

"Come se stessi per morire." La donna fece una pausa e poi aggiunse: "Morire della più squisita delle morti."

"Non vi fa male?" Martin aveva bisogno di essere completamente sicuro.

"No." Livvy si mosse sotto di lui, sussultando. "Beh, forse sono un po' indolenzita, ma non mi dispiace."

"Restate dove siete," le ordinò lui, uscendo cautamente. Prese un panno appeso al suo portacatino e tornò al letto. Entrambi sbiancarono alla vista delle righe di sangue sulle cosce di Livvy mentre lui la puliva; il sangue aveva sporcato anche il membro di Martin. Lui si pulì e, quando si voltò, lei era già sepolta sotto le coperte, ancora nuda.

"Posso restare? O è meglio che dorma nella mia stanza?"

Il pensiero che lei si allontanasse gli fece venire voglia di ringhiare e di bloccarle la fuga. "Siete *esattamente* dove io vi voglio."

Un sorriso di gioia le lampeggiò sulle labbra. "Ottimo, perché le mie gambe tremano come quelle di un puledro appena nato e non so se riuscirei a tornare in camera mia."

"Sarò più che felice di trasportarvi ovunque, ma ora vi voglio qui." Martin si mise sotto le coperte, avvicinò Livvy a sé e sospirò contento. Non si era mai sentito così calmo e così in pace in tutta la sua intera vita. La giovane intrecciò le gambe alle sue e lo guardò con gli occhi semiaperti.

"Dovrei odiarvi," mormorò. Martin ebbe un tuffo al cuore, ma poi Livvy proseguì. "Dovrei, ma non vi odio. Voi mi piacete... troppo." La confusione di lei lo stupì, ma prima che Livvy potesse dire qualunque cosa, le ciglia della giovane calarono e lei cadde in un sonno esausto. Martin la tenne stretta, temendo che avrebbe potuto sfuggirgli come un'allucinazione dopo aver pronunciato le parole che lui aveva avuto troppa paura di sperare di sentirsi dire.

Io le piaccio, anche troppo. E lei mi piace, anche troppo. Cosa doveva fare?

Non poteva tenersela, anche se avrebbe voluto farlo. Aveva giurato di non amare mai, di non tenere mai a nessuno, se non a sua sorella. Helen era l'unica alla quale Martin poteva dare accesso al proprio cuore senza temere conseguenze.

Scostò una ciocca di capelli dal viso di Livvy e sorrise mentre la guardava dormire. Avrebbe sognato lui? Guardando la sua espressione contenta e rilassata, sperò che lo avrebbe fatto, perché sapeva che lui avrebbe sognato lei. Sogni pericolosi, splendidi, tentatori, che gli serrarono il petto con un'emozione che non avrebbe mai creduto di provare nuovamente dopo la morte dei suoi genitori.

La speranza.

✳ 13 ✳

Livvy non sapeva quanto a lungo avesse dormito, ma si svegliò con una mano possessiva, ma gentile, che le accarezzava il fianco, e sentì un bacetto sulle labbra. Aprì gli occhi, notò che quelli di Martin erano chiusi, e lasciò che lui continuasse a baciarla. Fuori era ancora buio e lei pensò di riaddormentarsi, ma era divertita all'idea che Martin la stesse baciando.

L'uomo stava sognando? Pareva di sì. Un misto di calore e desiderio la colmò, nonostante l'indolenzimento. *Voleva* che Martin entrasse di nuovo in lei. La prima volta era stata un po' spaventosa, ma una volta passato il dolore, lei aveva ceduto ai propri bisogni, travolta dalla potenza conferitale dai suoi desideri. Allungò una gamba sulla parte inferiore del corpo dell'uomo, sperando di fargli capire il suo interesse. Lui emise un lieve suono di gioia mentre le stringeva il sedere e lo schiaffeggiava leggermente. Livvy ridacchiò e gli si mise sopra, baciandolo in maniera più accalorata.

Martin aprì gli occhi mentre le loro labbra si separavano per un attimo. "Volete imparare a cavalcare un uomo?" chiese lui. I suoi occhi ardevano come diamanti blu alla luce del fuoco.

"È... com'è possibile?" Livvy gli trascinò le unghie sul petto e Martin sibilò un gemito.

"Lasciate che ve lo mostri." Le fece cambiare posizione in modo da averla completamente sopra. "Sollevate l'inguine, cara." Le diede un colpetto con le mani, quindi ne infilò una in mezzo ai loro corpi e si afferrò il membro. Esso era sull'attenti e, finalmente, Livvy capì. Avrebbe potuto lasciarsi scivolare su di esso e... Martin affondò verso di lei, facendole abbassare al contempo l'inguine, e Livvy strillò stupita. Quella nuova posizione la faceva sentire *impalata* su di lui, al punto che per un momento lei faticò a respirare.

"Mio Dio," ansimò, cambiando leggermente posizione mentre l'uomo colmava ogni centimetro di lei.

"Siete ancora indolenzita?" chiese Martin.

"Un poco, ma non è poi così male." Livvy appoggiò i palmi delle mani aperte sul petto di Martin e si chinò a rubargli un bacio. L'uomo le afferrò il posteriore e la sollevò, per poi abbassarla di nuovo, mostrandole il ritmo che doveva seguire. Livvy tornò a sedersi, inarcando la schiena per trovare l'angolo più comodo, e lui le guardò i seni ballonzolare mentre lei si sollevava per cavalcarlo.

Somiglia davvero a una cavalcata. Il pensiero era talmente scandaloso che lei si rese conto che più tardi sarebbe arrossita violentemente.

"Così," la incoraggiò Martin con un basso ringhio. Le sue mani si muovevano attorno ai suoi seni, pizzicandole i capezzoli duri e torcendoli tra le dita.

Livvy sibilò e ondeggiò più velocemente e più energicamente, cercando con disperazione quell'esplosione di piacere accecante che solo lui poteva darle. Quando Martin abbassò una mano per accarezzare col pollice il suo fascio contratto di nervi, Livvy venne violentemente e il grido roco dell'uomo le fece capire che aveva goduto a sua volta. La passione esplose tra di loro e lei sentì le lacrime oscurarle la visuale mentre calava su Martin. La loro pelle brillava per il sudore e, lentamente, lui le passò una mano lungo la schiena. Livvy gli appoggiò la testa sul petto, ascoltando il ritmo costante del suo cuore.

"È mezzanotte passata. Avete fame?" chiese Martin.

"Sì. Sarebbe possibile mangiare qualcosa?" Livvy scivolò via da lui; detestava separare i loro corpi, ma dovevano pur muoversi.

"Sì. Voi rimanete qui. Vado a prendere qualcosa." Martin si alzò dal letto e prese la vestaglia. Se la avvolse strettamente attorno al collo e, con un sorriso malizioso, uscì dalla camera da letto.

Livvy si sdraiò sul letto, osservando le ombre proiettate dal fuoco. La sua fantasia di essere Cleopatra si era realizzata. Si morse il labbro e nascose un sorriso.

Qualche minuto dopo, Martin fece ritorno e le appoggiò un vassoio accanto. Quindi ravvivò il fuoco e aggiunse qualche ciocco di legna.

Livvy si sedette e si sollevò le lenzuola fino alla clavicola, aspettando che lui la raggiungesse. Martin lasciò cadere la vestaglia e lei ebbe un'altra occasione di ammirare il suo corpo snello e forte. Una volta messosi a letto, l'uomo appoggiò il vassoio in mezzo a loro e gesticolò verso il cibo. "Mangiate, per favore."

Livvy prese un po' di formaggio e qualche fetta di mela e lui fece lo stesso. Mangiarono in silenzio e per un attimo lei riuscì a dimenticare il *perché* fosse lì. Non era l'amante di Martin, né lui era l'uomo che l'aveva comprata a titolo di compensazione per l'enorme debito di padre. Era solo se stessa, a letto con un uomo che amava. *Amava.* La parola era lì, pronta uscirle dalle labbra. Era innamorata di lui e aveva saputo fin dall'inizio di correre quel rischio.

"Vorrei che potesse essere sempre così," disse a bassa voce. Martin si immobilizzò mentre allungava una mano verso un altro pezzo di formaggio.

"Anch'io," rispose infine.

"Ma non è possibile, vero?"

Martin non rispose subito. "Non credo. Anche se vorrei che fosse diverso."

Livvy inghiottì l'ultimo boccone di cibo; cominciava a perdere l'appetito. "È per via di mio padre?"

"Non potrò mai perdonarlo per quello che ha fatto. Ho visto il cuore di mia madre crollare. Non potete sapere come è stato. Nel giro di qualche anno, Helen e io siamo rimasti completamente da soli."

Livvy avrebbe voluto che Martin condividesse più della sua vita con lei, anche solo in conversazione. Gli si avvicinò, e l'uomo appoggiò il vassoio sul tavolo accanto a sé. "Vorrei saperne di più su di lei."

"È fantastica. Dico sul serio. Conosco molti uomini che trovano le proprie sorelle estenuanti, noiose o costose. Ma Helen è... splendida. È la più intelligente di noi due, e anche la più coraggiosa. Una volta, ha combattuto un duello per conto mio, quando io ero giovane e stupido."

"Cos'è che ha fatto? Un *duello*?"

Martin ridacchiò. "Allora vivevo a Bath. Giocavo d'azzardo e facevo tutto il possibile per cercare di rimpolpare il nostro patrimonio, ma persi tutto. Un uomo di nome Gareth Fairfax si infuriò quando scoprì che non avevo modo di ripagare il mio debito. Egli mi sfidò a duello, ma quando Helen lo scoprì, mi rinchiuse e si presentò al posto mio. Indossò i miei vestiti e si coprì i capelli. Era davvero un ottimo travestimento, o così mi hanno detto."

"Cosa accadde?" Livvy coprì il braccio dell'uomo con una mano e si strinse contro il suo fianco.

"Lei e Gareth duellarono, mia sorella lo ferì superficialmente e rivelò di essere una donna, e lui se la portò a casa a mo' di pagamento per i miei debiti."

Livvy si irrigidì. "Come voi avete fatto con me?"

"Sì," sospirò Martin. "Credetemi, anch'io ho notato

la similitudine. Ma io vi ho dato una scelta. Helen non ne aveva."

"Ed è andata a casa di quell'uomo," proseguì Livvy.

"Che ci crediate o meno, si sono innamorati. Sono sposati da sette anni e hanno due figli."

Livvy appoggiò la testa alla spalla di Martin, chiedendosi perché loro due non potessero essere altrettanto fortunati, ma conosceva la verità. Ciò che suo padre aveva fatto tanti anni prima sarebbe rimasto sempre sospeso sopra le loro teste, tenendoli separati.

"Lei vive a Londra?"

Martin scosse la testa. "Vive molto vicino a Bath. Ma lei e Gareth hanno una casa qui in città e a volte vengono a trovarmi."

"Oh..." Livvy cercò di contenere un'ondata di disappunto. Sapeva che non avrebbe mai potuto conoscere Helen: lei era un'amante. Gli uomini non presentavano le amanti alla famiglia.

"Mi dispiace. Non abbiamo fatto molta vita sociale da quando siete qui. Potrei scrivere a mia sorella e vedere se vuole venire. Avevo in mente di andare a trovarla per Natale, ma..."

Ma nessuno di loro due era sicuro se Livvy sarebbe stata ancora con Martin per l'arrivo delle feste. Lei ignorò la fitta che quel pensiero le provocò nel petto e si concentrò sul presente.

"Ma lei non può incontrarmi... Io non sono..."

"Voi siete una brava giovane. Non siete come le altre. Helen è più... aperta, nella sua mentalità, della maggior parte delle donne. Non vi giudicherà, non quando sono stato io a peccare. Credo che potrebbe anche venire."

Livvy cercò di contenere l'entusiasmo e lo baciò sulla guancia. "Sarebbe magnifico!"

Martin la abbracciò a sua volta, quindi si alzò dal letto per ravvivare ancora una volta il fuoco e per spegnere le candele rimaste. Poi la raggiunse a letto ed entrambi si misero a dormire. Livvy si accoccolò accanto a lui, rimpiangendo di dover pensare al giorno in cui si sarebbero divisi. Di certo, allora, il suo cuore si sarebbe spezzato.

LE DUE SETTIMANE SUCCESSIVE TRASCORSERO IN UN lampo per Livvy. Lei e Martin erano racchiusi in un sogno di passione e di gioia. Andavano a cavallo la mattina e uscivano nel pomeriggio. Di notte, lui faceva l'amore con lei fino a quando non collassavano entrambi, esausti, l'uno tra le braccia dell'altra. In tutti i sensi, tranne uno, sembravano vivere una vita soddisfacente insieme. Permaneva solo un'ombra del modo in cui si erano conosciuti, ma essa bastava a impedirle di dimenticare, anche solo per un minuto, che lei non era la moglie di Martin, ma la sua amante.

Livvy si soffermò sulla soglia della biblioteca e guardò il divano vuoto. Martin avrebbe dovuto incontrarla lì per un pranzo leggero prima che uscissero. Fissò il divano e le venne in mente un'idea diabolica. A voler essere onesta, era stata ispirata da una scena di uno dei suoi romanzi preferiti e voleva vedere se Martin avrebbe gradito.

Si tolse le scarpe e le calze, quindi scostò la gonna di seta blu e oro mentre sedeva semisdraiata sul divano. Appoggiando la schiena a un bracciolo, gettò le gambe su quello opposto in una posa scandalosa che le scopriva le gambe fino alle cosce. Quindi incrociò una gamba sopra l'altra all'altezza del ginocchio e attese. Qualche minuto dopo, udì Martin fischiettare in corridoio.

"Livvy?" chiamò l'uomo.

"Sono in biblioteca!" Livvy si coprì la bocca con una mano per soffocare una risatina. Non stava più nella pelle all'idea di vederlo in viso quando sarebbe entrato.

La porta si socchiuse e Martin sbirciò nella stanza. "Livvy–" Si immobilizzò, le labbra socchiuse mentre abbassava lo sguardo su di lei. Poi la sua sorpresa si trasformò in puro desiderio mentre si chiudeva la porta alle spalle e tirava il chiavistello. Livvy si afferrò le gonne, sollevandole ancora più in alto, l'uomo che faceva un passo verso di lei. "State giocando?" La voce di Martin era bassa, con una nota minacciosa.

"Pensavo di sì, se anche voi ne avete voglia." Livvy sbatté le ciglia, dopodiché accadde qualcosa che non aveva pianificato: si infilò una mano in mezzo alle cosce, scostò la biancheria intima e infilò un dito nel proprio canale umido.

Martin cadde in ginocchio con un gemito di fronte

al divano. Livvy lo guardò con gli occhi semichiusi mentre continuava a masturbarsi e, finalmente, l'uomo parve non sopportare più l'attesa. La attirò a sé e le spalancò le gambe, sollevandole le gonne fino ai fianchi. Poi strattonò i delicati indumenti intimi fino a trovarla. Portò la bocca alle sue pieghe, il fiato caldo che le accarezzava le parti più sensibili. La sua abile lingua scatenò un calore accecante dentro di lei mentre la esplorava.

Livvy ansimò, buttando la testa all'indietro mentre l'uomo la sferzava da dentro più e più volte. La sensazione le fece girare la testa per il piacere bollente. Si agitò contro di lui e Martin la afferrò per i fianchi, tenendola ferma.

"Comportatevi bene, demonietto, o vi farò piegare sul tavolo più vicino e vi fotterò fino a farvi passare la voglia di agitarvi."

Il suo tono di voce cupo e delizioso non fece che incendiarla dalla voglia.

"Non fate promesse del genere..." Livvy affondò le dita nei capelli dorati dell'uomo. "A meno che non intendiate mantenerle."

L'uomo affondò completamente la lingua dentro di lei e Livvy inarcò la schiena, urlando davanti al fiume di piacere. Era vicina, deliziosamente vicina.

Martin si alzò in piedi e la trascinò via dal divano. Prima che lei potesse reagire, la fece piegare sul tavolo da lettura e le sollevò le gonne da dietro fino ai fianchi. L'uomo si slacciò i pantaloni e poi il suo membro spesso la riempì, penetrandola a fondo.

Livvy gemette, premendo la guancia contro il tavolo, felice di sentire il freddo del legno, perché tutto dentro di lei aveva preso fuoco. Spalancò le gambe per ricevere Martin. Mentre lui la prendeva, lei dimenticò completamente la propria identità. Era diventata una creatura primitiva, spinta da un bisogno selvaggio di essere riempita dall'uomo alle sue spalle. Era pazza di lui, pazza dalla voglia di essere posseduta da lui; non avrebbe mai voluto che si fermasse.

L'energia di Martin la dominava mentre lui le afferrava i fianchi e affondava ancora e ancora dentro di lei. Quello... *quello* era il delizioso pericolo che la attirava come la fiamma attirava le falene. Martin era in grado di bruciarla col proprio corpo, ma lei continuava a tornare da lui.

Quando venne, gridò il suo nome. Qualche istante dopo, egli pronunciò violentemente il suo prima di collassare su di lei.

"Va tutto bene?" mormorò l'uomo, baciandola sulla nuca.

"Va..." Livvy trasse un respiro profondo. "Benissimo. E a voi?"

"Benissimo anche per me." Martin ridacchiò e le mordicchiò dolcemente il lobo dell'orecchio prima di alzarsi e uscire da lei. Usò un fazzoletto per pulire entrambi prima che Livvy rimettesse a posto le gambe e cercasse di camminare. Riuscì a fare due passi tremanti per poi collassare tra le braccia di Martin, ridendo. Lui la sollevò, la portò al divano e si sedette, mettendosela in grembo. Rimasero così, ridacchiando insieme mentre entrambi riprendevano fiato.

"Non smettete mai di stupirmi," disse Martin, con un tenero e radioso sorriso che la riempì di calore.

Livvy passò un dito lungo le pieghe del suo fazzoletto da collo. "Spero che ciò sia un bene."

"È qualcosa di eccezionale."

Martin le sfregò il naso contro il collo prima di baciarla lentamente, teneramente, con tanta delicatezza che per Livvy fu come essere partecipe del più splendido dei sogni a occhi aperti. Avrebbe voluto che non finisse mai.

"Livvy, io—"

Qualunque cosa Martin fosse stato sul punto di dire, lei non l'avrebbe mai saputo. Un bussare alla porta della biblioteca li interruppe.

"Signore, avete visite," esclamò Harris da dietro la porta chiusa.

"Visite? Chi è?"

"Vostra sorella e suo marito... e i bambini, naturalmente."

"Buon Dio." Martin si levò frettolosamente Livvy dal grembo e raccolse le calze e le scarpe di lei, paonazzo in viso. I gesti sconnessi con cui si rimise i pantaloni sottolineavano la sua ansia.

"Helen è qui?" Livvy si strappò quasi le calze mentre se li infilava.

"Sì. Perché non andate in camera vostra mentre io mi occupo di mia sorella e di questo disastro?"

Livvy cercò di ignorare il fatto di essere stata definita un 'disastro'. Corse in camera sua e sbatté la porta, appoggiandovi la schiena. Martin aveva ragione. La situazione era un disastro. Livvy non poteva essere presentata alla sorella e alla famiglia di Martin come sua amante. Sarebbe stato uno scandalo e senza dubbio sua sorella si sarebbe offesa. Era stata una sciocca a credere che avrebbe mai potuto incontrare la sua famiglia.

Devo aspettare che se ne vadano. Livvy ignorò le lacrime che le bruciavano negli occhi. Era stata davvero sciocca anche solo a parlare di conoscere la famiglia di Martin. Non era mai stato possibile.

Sono la sua mantenuta, non sua moglie.

❦ 14 ❦

M artin controllò un'altra volta il fazzoletto da collo nello specchio del corridoio e si passò le mani tra i capelli, cercando di domarli dopo che Livvy li aveva strattonati nel mezzo della passione. Quindi, entrò in salotto e fronteggiò sua sorella gemella.

Helen era in piedi accanto al caminetto. Non era molto più bassa di lui e aveva i suoi stessi capelli biondi e i suoi stessi lineamenti attraenti, anche se quelli di lei riflettevano la sua bellezza femminile. Tra le braccia teneva Delilah, sua figlia di due anni, e accanto a lei stava Gareth, suo marito. L'uomo teneva per mano il figlio di cinque anni della coppia, Jeremy, che emise un grido di gioia quando vide finalmente Martin.

"Zio Martin?" Jeremy si liberò dalla mano del padre e corse verso di lui. Era una loro tradizione: Jeremy si lanciava sempre verso di lui che lo afferrava al volo. Martin circondò con le braccia il ragazzino. Jeremy aveva i luminosi occhi azzurri di sua madre, ma i suoi capelli castano scuro erano quelli del padre. Delilah, d'altro canto, aveva preso tutto dalla madre.

"Vecchio mio," disse Martin, facendo oscillare delicatamente il bambino tra le braccia, "direi proprio che sei cresciuto di almeno trenta centimetri dall'ultima volta in cui ti ho visto. Presto sarai più alto di me!"

Jeremy fece un largo sorriso e gli buttò le braccia attorno al collo, abbracciandolo con vigore. Il respiro di Martin si mozzò. C'era qualcosa di magico nell'abbraccio di un bambino. Era amore puro, pura fiducia. La sua famiglia gli era mancata più di quanto volesse ammettere. Quando posò il bambino a terra, vide che negli occhi di Helen brillavano le lacrime, ma sua sorella sorrideva. Martin rivolse un cenno del capo a suo cognato.

"Come vanno le cose, Gareth?"

"Molto bene. E ho sentito lo stesso di te. Al punto che eri troppo impegnato per venirci a trovare." C'era una nota di rimprovero nella voce di Gareth, ma l'uomo aveva ragione. Martin, a volte, evitava di far loro visita, perché vederli così felici, quando lui non riusciva a esserlo, era una tortura.

"*Entrambi* vorremmo che tu venissi a trovarci più spesso," si affrettò ad aggiungere Gareth. Da quando Martin aveva vissuto per alcuni anni con la coppia mentre risanava le proprie finanze, lui e Gareth avevano stretto una profonda amicizia, che negli ultimi tempi Martin aveva trascurato.

"Lo farò," promise. "Avrei voluto venire a Natale."

"Avresti voluto?" Helen lo raggiunse, spostando la presa su Delilah. La bambina era assonnata e aveva la testa poggiata sulla spalla di Helen, gli occhi semichiusi. Martin le sfiorò la morbida guancia con un dito e la piccola sospirò felice.

"Ecco..." Martin aveva avuto tutta l'intenzione di andarci fino a quando non aveva portato a casa Livvy, ma non poteva lasciarla da sola e di certo non poteva portarla con sé.

"È perché sei fidanzato?" chiese Helen. I suoi occhi scrutarono in quelli di Martin e un cipiglio incupì la sua espressione.

"Fidanzato?" Martin si strozzò con la parola.

"Sì. È da tutta la settimana che ricevo lettere da amici che dicono che sei stato visto girare per la città e fare cavalcate mattutine con una donna molto bella. Di chi si tratta?" Ora, il volto di Helen era così pieno di speranza che lui non poté evitare di raccontarle la verità.

"Non è la mia fidanzata. Forse faresti meglio a sederti, sorella mia." Martin indicò il divano più vicino e lanciò un'occhiata a Gareth. "Perché non porti i bambini nella serra? A Jeremy potrebbe piacere la nuova pianta carnivora che ho comprato di recente. Harris ve la mostrerà."

Gareth annuì e prese Delilah da Helen. Poi, lui e Jeremy uscirono dal salotto.

Helen si sedette sul divano e lo guardò con aria preoccupata. "Cosa c'è, Martin? Dimmelo e basta."

"Frequento una donna, ma è la mia accompagnatrice, non la mia fidanzata."

Helen strinse gli occhi. "Vuoi dire che è la tua amante? Hai già avuto delle amanti in passato, ma non ti sei mai fatto vedere in società con loro al punto da far chiacchierare il *ton*."

Martin si schiarì la voce. "Lei è... diversa."

"In che senso?" Helen diede un colpetto sul divano e, finalmente, lui si sedette accanto a lei.

"È magnifica. Dolce, fiera, intelligente. Mi fa sentire..." Martin distolse lo sguardo; non riusciva a dire che Livvy lo colmava di sogni di amore futuro, sogni che lui aveva troppa paura di abbracciare perché aveva sempre perso tutto ciò che amava.

"E tu non puoi sposarla?"

"Se lo facessi, non riuscirei mai ad accettare la sua famiglia. E nemmeno tu."

Sua sorella si accigliò, perplessa. Allungò una mano per afferrare una delle sue, come aveva fatto mille volte all'epoca in cui loro due erano stati soli contro il mondo intero.

"Chi è?"

Martin capì che Helen aveva intuito almeno in parte la verità, ma che aveva bisogno di sentirglielo dire.

"È la figlia di Hartwell."

Helen allontanò di scatto la mano e, sebbene lui se lo fosse aspettato, quel gesto gli fece comunque male.

"Hartwell ha una figlia?"

"Sì. Lei è completamente diversa da lui. Io–"

"Come diavolo hai avuto a che fare con la figlia di Hartwell?" chiese Helen, la voce un tantino tremolante.

"Ho visto lui alle Argyll Rooms, qualche settimana fa, e ho voluto sottrargli ciò che aveva sottratto a me. Ho fatto in modo che contraesse un forte debito con me, che sapevo non poteva pagare, poi sono andato a riscuotere. Avevo tutta l'intenzione di buttarlo in mezzo alla strada, proprio come lui aveva fatto con noi, ma poi ho visto Livvy e–"

"Livvy. Si chiama così?"

"Sì. L'ho vista ed è stato come essere colpito da un fulmine. Non riuscivo più a respirare. Quando lei si è offerta di scambiare se stessa col debito di suo padre, non sono riuscito a rifiutare."

"Martin..." Helen distolse lo sguardo, incapace di fronteggiarlo. "Non avresti dovuto farlo."

"Lo so. Credimi, Helen, so che è stato un gesto infame, ma la adoro e non posso rinunciare a lei."

"No," disse con fermezza Helen. "Tu *puoi* rinunciare a lei. Fai la cosa giusta e prendila in moglie, oppure mandala a casa. Vivere come amante di un uomo non sarà mai abbastanza per lei e, se è intelligente e splendida come dici, merita una vita migliore di quella a cui la stai condannando. Se le vuoi bene, non puoi farle una cosa del genere."

Helen aveva ragione. Una vita da amante avrebbe avuto gravi conseguenze su Livvy. A un certo punto, essa avrebbe estinto quel fuoco che lei aveva nel cuore e che Martin amava tanto.

"Mandala a casa dopo che ce ne saremo andati. Poi vieni da noi a Natale."

Martin deglutì a fatica, ma aveva la sensazione di non riuscire a respirare. Mandare Livvy a casa? Non voleva farlo. Ma sua sorella aveva ragione.

"Devi farlo, Martin. Per lei. Se provi qualche sentimento nei suoi confronti, farai ciò che è meglio per lei."

"Sì," concordò bassa voce lui. C'era un orribile silenzio nel suo cuore al pensiero di tornare a essere solo in quella casa. Niente più risate. Niente più dolci momenti nel buio del suo letto. Niente più colazioni assieme e letture condivise in biblioteca.

Helen si alzò e sorrise mestamente. "Vado a cercare Gareth e i bambini e ce ne andiamo. Per favore, vieni a trovarci quando potrai. Vogliamo trascorrere il Natale con te."

"Ci sarò," promise lui.

"Ottimo." Helen lo abbracciò e andò in cerca della sua famiglia nella serra.

Martin non sapeva esattamente quanto a lungo fosse rimasto in salotto a riflettere, ma infine andò a cercare Livvy. Era meglio tagliar corto. Mandarla a casa subito, prima che potessero venirgli in mente una dozzina di scuse per tenerla lì con lui.

La trovò nella sua stanza, raggomitolata sul letto. Aveva tra le mani *Northanger Abbey*. Ma Martin vedeva che non stava leggendo, perché i suoi occhi non si muovevano dalla prima pagina.

"Livvy." Quando pronunciò il nome della giovane, il terrore formò una fossa buia nel suo stomaco. Era l'ultima volta in cui l'avrebbe vista? L'ultima volta in cui, forse, avrebbe pronunciato il suo nome?

"Martin, che succede?" Livvy chiuse il libro e si alzò dal letto, incamminandosi verso di lui.

Martin doveva essere forte. Non poteva permettere che lei capisse quanto fosse combattuto. Se lei avesse visto una crepa nel suo guscio e se provava per lui gli stessi suoi sentimenti, avrebbe potuto rifiutare di andarsene. E vivere come sua amante non avrebbe fatto altro che distruggere il suo spirito, col tempo.

"Livvy, dovete essere pronta ad andarvene nel giro di un'ora. Una cameriera farà i vostri bagagli." Quelle parole lo tagliarono come coltelli.

"Cosa?" Livvy allungò una mano per toccarlo, ma lui fece un passo indietro.

Se dovesse toccarmi ora...

"Ho deciso di condonare il debito di vostro padre e di liberarvi dai vostri obblighi. Andrete a casa. Non vorrei mai che vi perdeste le feste con la vostra famiglia." Martin girò sui tacchi e uscì dalla stanza, chiudendo la porta per frapporre qualcosa tra di loro.

Quando Livvy non lo seguì, la cosa gli fece più male di quanto lui si fosse aspettato. Forse la giovane non corrispondeva per nulla i suoi sentimenti. Martin trovò Harris al piano di sotto e fece segno al maggiordomo di seguirlo nel suo studio.

"La signorina Hartwell deve andare a casa entro un'ora. Per favore, di' a una cameriera di farle i bagagli e preparare la carrozza."

Harris spalancò gli occhi. "A casa? Signore, mi consentite di parlare liberamente?"

Martin annuì, pur avendo il sospetto di sapere già cosa avrebbe detto il maggiordomo.

"Tutti i membri del personale adorano la signorina Hartwell e suppongo che lo stesso si possa dire di voi. Dovete proprio mandarla via?"

Martin tacque per un lungo istante prima di rispondere. Harris era con lui da molti anni e la sua fedeltà e la sua discrezione erano al di sopra di ogni rimprovero. Quell'uomo meritava la verità, o almeno parte di essa.

"Mi sono affezionato troppo a lei, Harris. È proprio per questo che deve andarsene. Più resta con me e più io distruggerò il suo futuro. Ho già rovinato quella poveretta, ma non posso farci nulla. Tuttavia, se la mando a casa, potrebbe riuscire comunque a trovare un marito." Martin sapeva che ciò era improbabile, se la notizia della situazione in cui si trovava Livvy si era sparsa quanto lui temeva, ma c'erano uomini disposti a prendere in sposa una bella giovane anche se ella non era vergine.

"Non..." Harris si schiarì la voce e proseguì. "Non sarebbe possibile il matrimonio?"

"No," rispose Martin. "Suo padre e io abbiamo brutti trascorsi e io non riuscirei mai a superarli. Nemmeno per lei."

"Ahhh..." Il disappunto di Harris era palese, ma il maggiordomo non aggiunse altro, per la qual cosa Martin fu sollevato. La partenza di Livvy avrebbe fatto soffrire tutti.

"Mi occuperò dei bagagli della signorina Hartwell." Il servitore fece per andarsene.

"Harris. Assicurati che la signorina Hartwell prenda con sé tutti i suoi vestiti e fa' in modo che il suo cavallo venga trasportato nella scuderia della sua famiglia." Martin tacque per un istante, chiedendosi cos'altro avrebbe potuto fare, a parte l'impossibile. "E può prendere tutti i libri che vuole."

"Sì. Naturalmente, signore."

Martin si lasciò cadere su una poltrona mentre Harris se ne andava, cercando di ignorare le emozioni che si davano furiosamente battaglia dentro di lui. Era come se il mondo gli stesse crollando addosso. C'era un silenzio dentro di lui, un silenzio che sapeva di gelida respirazione, pesante come piombo. Martin temeva che lo avrebbe affogato.

Mi sono innamorato di lei. Della figlia del mio peggior nemico.

Una tristezza che non aveva mai sperimentato lo afferrò. Aveva creduto di essere diventato immune al

dolore dopo la morte dei suoi genitori, ma si era dannatamente sbagliato. Era come se una grigia luce di
cupezza stesse proiettando su di lui la sua ombra impe-
ritura. Martin si coprì il volto con le mani, premendo
con forza contro i propri occhi, per evitare che le
lacrime tradissero la sofferenza del suo cuore lacerato.

15

Livvy non disse nulla mentre Mellie le riempiva in silenzio la borsa da viaggio di vestiti nuovi, né quando i suoi libri furono riposti in un baule. Semplicemente, le parole non le venivano alla bocca. Quello che stava vivendo sembrava più un funerale che un addio.

Quando venne il momento della partenza, Mellie non cercò nemmeno di nascondere le lacrime. Mentre Livvy scendeva le scale e prendeva il mantello che le porse un lacchè in attesa, gli mormorò un ringraziamento. L'uomo aveva gli occhi bassi mentre la salutava; era palesemente turbato. Livvy comprendeva il sentimento. Nelle ultime settimane, aveva cominciato a vedere quella casa come sua e la vita con Martin come il suo futuro. Quando raggiunse la carrozza che la aspettava di fuori, sollevò il cappuccio per nascondere il viso.

No, non piangerò.

A suo credito, mantenne il proposito, anche quando la carrozza si fermò di fronte alla casa di suo padre. Livvy entrò, senza più curarsi delle sue borse e dei suoi bauli. Suo padre corse fuori dallo studio e si immobilizzò quando la vide. Era trascorso quasi un mese da quando lei se n'era andata, ma in qualche modo, l'uomo sembrava terribilmente invecchiato.

"Livvy? Sei tornata."

Lei annuì rigidamente.

Suo padre corse ad abbracciarla. "Non avresti mai dovuto andartene."

"Avremmo perso la casa, papà."

Suo padre la guardò, gli occhi pieni di emozioni contrastanti. "Lo so, ma non eri tu quella che avrebbe dovuto sobbarcarsi quel peso." L'uomo si sfregò le braccia, il viso segnato dalla preoccupazione. "Lui ti ha fatto del male?"

Ora sì che Livvy le sentiva, quelle lacrime traditrici. "No, papà. È stato gentile. Più che gentile." Accennò alla loro unica servitrice, che stava portando in casa le borse da viaggio il baule. "Ma mi ha rimandata a casa, per cui eccomi qui."

"Perché non sali a riposare? Tra qualche ora, ceneremo." Suo padre le diede un altro abbraccio gentile, come se Livvy fosse incredibilmente fragile.

"Grazie, papà." Livvy andò in camera sua e chiuse la porta, quindi si tuffò sul letto e nascose il viso tra le lenzuola. Calde lacrime le uscirono dagli occhi, ma lei non emise suoni. Era completamente insensibile.

Perché Martin l'aveva mandata via? Erano stati felici, meravigliosamente felici. Cosa era andato storto? Forse c'entravano qualcosa la sorella di lui e la sua visita. Forse Helen aveva scoperto che Livvy viveva con Martin come sua amante e aveva voluto che lui la mandasse via dopo aver scoperto chi era suo padre? Martin e sua sorella erano gemelli e quel genere di legame era molto profondo. L'uomo avrebbe fatto qualunque cosa per la sua gemella.

Compreso mandarmi via.

Livvy sapeva che era meglio così. Non sarebbe potuta restare con Martin a lungo. Si sarebbe sentita come un uccellino in gabbia, senza amici e senza essere accettata dalla società. Sarebbe stata limitata a un mondo di ombre e di peccaminosi balli di mezzanotte con altre donne mantenute. Almeno, in quel modo, avrebbe potuto col tempo avere una tranquilla vita da zitella, in compagnia di qualche donna comprensiva che l'avrebbe chiamata ancora amica dopo che le voci della sua rovina fossero state rimpiazzate da altri scandali.

Livvy si addormentò per un po', sognando irrequieta l'elefante sul Tamigi ghiacciato e i baci condivisi nella biblioteca di Martin. Si svegliò al suono di un litigio al di fuori della sua stanza. Si sollevò di scatto, cercando di schiarirsi la testa dalla nebbia del sonno mentre ascoltava le voci.

"Dov'è?" chiese una fredda voce maschile.

"Voi non la porterete via, avete sentito?" Il grido del padre di Livvy era disperato.

"Sì, invece. Voi siete in debito con me, Hartwell, e lei è il pagamento che desidero. So che l'avete già prostituita in passato. Ora potete darla a me."

La maniglia sferragliò quando qualcuno cercò di aprirla, ma Livvy aveva chiuso la porta a chiave quando si era ritirata, non volendo essere disturbata.

"Aprite subito questa porta, signorina Hartwell!" gridò l'uomo.

"No, Livvy, non farlo!" L'ammonizione di suo padre fu zittita. Livvy lo sentì grugnire e udì un tonfo pesante quando egli cadde a terra.

"Papà!" gridò, premendosi contro la porta.

"Signorina Hartwell, uscite subito o io recherò danni permanenti a vostro padre."

"Non osereste!"

"No? Vostro padre è in debito con me e vi assicuro che, con la mia posizione, qualunque giudice si schiererebbe dalla mia parte, anche se lo uccidessi *accidentalmente*."

Livvy ebbe un tuffo al cuore. Trasse un respiro profondo prima di aprire la porta.

Un uomo alto e dai capelli scuri era a pochi centimetri da lei. Non appena vide un'apertura, questi spinse violentemente contro la porta. Livvy indietreggiò barcollando, sussultando quando il petto prese a bruciarle per il dolore dell'impatto. L'uomo le fu subito addosso, afferrandola con una mano e trascinandola in piedi.

"Voi verrete con me. Subito," ringhiò, e Livvy fu

trascinata fuori dalla stanza. Suo padre era riverso a terra, privo di conoscenza.

"Chi siete?" Livvy strattonò il braccio dell'uomo.

"Lord Stamford."

Livvy rabbrividì quando lo riconobbe. Aveva sentito parlare di lui: era un visconte brutale, ben noto per le numerose occasioni in cui era sfuggito alle conseguenze delle sue azioni.

"Ripagherete personalmente il debito di vostro padre."

Livvy deglutì a fatica; riusciva a malapena a respirare. "Lasciatemi andare, per favore." Sapeva che pregare sarebbe stato inutile, ma quali altre opzioni aveva?

"State al vostro posto, donna, e il tempo passerà più velocemente." Stamford la trascinò fuori dall'ingresso e all'esterno. Livvy fu lieta di non essersi ancora tolta il mantello, o sarebbe rimasta congelata. Stamford la ficcò in una carrozza in attesa e lei si fece piccola nell'angolo, il più lontano possibile da lui. Doveva trovare un modo per fuggire.

L'uomo si mise seduto comodamente e un sorriso crudele gli stiracchiò le labbra. Livvy non riuscì a non pensare a quanto egli fosse diverso da Martin, nonostante le strane somiglianze della situazione. Una fitta di desiderio la colpì al cuore. Avrebbe dato qualunque cosa pur di essere di nuovo tra le braccia di Martin.

"Perché mi avete presa?" chiese a Stamford. "Volete

tanto disperatamente un'amante da dover far leva su dei debiti per otterne una?"

Stefano sogghignò. "Avete la lingua lunga. Attenta a non mordervela per sbaglio."

Livvy strinse i denti.

"Vi ho presa perché un bastardo di nome Banks mi ha sfidato a duello per voi e io voglio punirlo."

"Martin ha combattuto per me?"

"Gli ho sparato, ma l'ho colpito solo di striscio." Stamford serrò le mani a pugno sulle cosce. "A tutti gli effetti, ho vinto io il duello, e non intendo lasciare che lui o altri mi ridicolizzino."

All'improvviso, Livvy ricordò quando Martin era tornato a casa il mattino dopo che lei lo aveva colpito con le sue parole noncuranti. L'uomo era stato ferito, ma si era rifiutato di dirle come.

"Sarà meglio che siate dannatamente brava a letto. La vostra vita potrebbe dipendere da questo, nel caso io fossi di cattivo umore." La calma mortale con cui Stamford fece quella minaccia quasi la paralizzò.

Non lasciarti intimidire. Devi trovare una via di fuga.

Livvy avrebbe voluto raggomitolarsi per sfuggire alla paura che cresceva dentro di lei, ma non poteva. Doveva essere coraggiosa.

La carrozza si fermò. Stamford uscì per primo e schioccò con impazienza le dita. Livvy lo seguì di corsa e l'uomo le afferrò il braccio, spingendola su per i gradini. Lei quasi inciampò e l'uomo le imprecò contro, ma non fece alcun tentativo di aiutarla.

Lo seguì dentro la casa e si guardò attorno. L'arredamento era troppo sfarzoso, come se Stamford volesse percuotere i visitatori sopra la testa con la sua forza e la sua fortuna, ma senza alcun senso del gusto o degli abbinamenti. I tappeti persiani facevano a pugni con le lampade greche e i divani all'ottomana. Era un ambiente molto diverso dall'elegante e raffinata casa di Martin.

"Baird!" tuonò Stamford al maggiordomo dall'aria smunta.

"Sì, milord?" Baird guardò Livvy e si affrettò a distogliere lo sguardo.

"Porta questa donna di sopra, in camera mia. Voglio che venga spogliata e lavata. Dovrà aspettarmi lì." Senza dire una parola, Stamford se ne andò.

Livvy e il maggiordomo si scambiarono un'occhiata. "Da questa parte... Signorina..."

"Hartwell. Livvy Hartwell." Livvy sollevò il mento, cercando disperatamente di nascondere la paura.

"Signorina Hartwell." Lo sguardo di Baird era colmo di scusa mentre le faceva cenno di seguirlo. Lei sollevò le gonne e seguì il servitore al piano di sopra. Il maggiordomo la accompagnò nella stanza del suo padrone, gli occhi bassi.

"Tra poco arriverà una cameriera ad assistervi. Un lacchè riempirà la vasca."

Livvy inghiottì la sua risposta. Non sarebbe servito a nessuno dei due dire al maggiordomo che lei non aveva intenzione di spogliarsi o di lavarsi. Attese che l'uomo chiudesse la porta, quindi girò la chiave nella toppa dopo aver sentito il rumore dei suoi passi allontanarsi.

Stamford poteva essere abituato ad approfittare di altre donne, ma non si sarebbe approfittato di lei. Livvy guardò la stanza e notò una pesante scrivania. La trascinò attraverso la stanza e la incuneò il meglio possibile contro la porta. Poi si riposò per un breve istante, il corpetto che le premeva fortemente contro le costole, rendendole difficile respirare.

C'era una grande finestra alle sue spalle, che le fece venire improvvisamente un'idea. Corse alla finestra e la spalancò. Frugò nell'armadio fino a trovare delle lenzuola di ricambio. Annodò le lenzuola e fece ricadere un'estremità della corda improvvisata lungo la parete della casa. L'espediente aveva funzionato per lady Leticia in un romanzo gotico, per cui avrebbe potuto funzionare anche per lei. Certo, Livvy non avrebbe usato la corda come aveva fatto Leticia, ma essa sarebbe comunque servita a un proposito.

Livvy legò l'altra estremità della corda a un palo metallico alla base della finestra, usato per tenere ferme le tende. Temeva che la corda non potesse reggere il suo peso, ma se fosse riuscita a *convincere* Stamford che lei era fuggita, avrebbe guadagnato tempo per allontanarsi mentre l'attenzione del visconte era concentrata altrove. Si infilò sotto il letto per aspettare e pregò che il suo piano funzionasse.

16

Martin fissò senza vederla la neve che cadeva fuori dalla finestra del suo studio. Mucchi di lettere giacevano senza risposta, le loro parole mai lette. La sua tazza di tè, che fino a poco tempo prima era stata calda, si era intiepidita. La stanza era gelida, nonostante il fuoco che un lacchè gentile aveva acceso mentre lui era distratto.

La sua felicità, quel poco che aveva stretto tra le mani negli ultimi giorni, era svanita. Era stato come perdere di nuovo sua madre e la sua casa. Se non avesse saputo altrimenti, avrebbe potuto giurare che il suo cuore nero si fosse spaccato in due. Se così era, il suo cuore non sarebbe mai guarito.

La mia Livvy non c'è più. Non c'è più perché sono stato troppo vigliacco per combattere per lei. Il rimorso gli pesava tanto gravemente sull'anima che era difficile respirare senza che gli dolesse il petto.

Sapeva che la sua servitù doveva essere preoccupata e che le lettere dei suoi clienti avevano bisogno di risposta, ma non riusciva a trovare la forza o il desiderio di curarsi di nulla, al momento.

I suoi pensieri erano lontani miglia, fissi su Livvy e su quanto era stata coraggiosa a toccare l'elefante alla fiera del gelo. Su come lo aveva spinto a fare lo stesso e ad affrontare la sua paura. Innumerevoli volte lei aveva tratto il meglio da lui.

Eppure, io avevo paura di ciò che mi faceva provare.

Martin si sfregò gli occhi, improvvisamente molto stanco.

"Signore?" La voce di Harris penetrò dalla porta chiusa.

Martin voltò le spalle alla finestra. "Sì?"

"Non voglio disturbarvi, signore, ma c'è qui il signor Hartwell."

"Non intendo riceverlo," ringhiò Martin.

"Signore." La voce di Harris era più forte, ora, e più insistente. "È stato brutalmente malmenato. Mi ha detto di aver bisogno del vostro aiuto. Un uomo di nome Stamford ha rapito la signorina Hartwell."

"Cosa?" Martin balzò dalla sedia talmente in fretta da rovesciarla. Aprì la porta e si ritrovò di fronte Harris. Il maggiordomo accennò col capo alla porta d'ingresso. Edwin Hartwell aveva oltrepassato di un passo la soglia, il cappello tra le mani, il viso gonfio attorno a un occhio.

"Livvy è stata rapita? Cosa diavolo è successo?" volle sapere Martin.

"Era tornata a casa da poche ore. Stava dormendo e *lui* si è presentato, pretendendo di portarla via in cambio del pagamento di un debito. Sembra che la notizia della vostra intesa con lei si sia diffusa." Il volto di Edwin si incupì.

"Un debito? L'ho risarcito io di quel debito. Lui non ha alcun diritto nei confronti di Livvy. Perché non l'avete fermato?" Martin avrebbe voluto far nero anche l'altro occhio di Edwin.

L'altro uomo lo fissò, il volto granitico. "Ho rifiutato di soddisfare le sue richieste e quel bastardo mi ha colpito duramente. Quando mi sono svegliato, erano spariti entrambi. Avrei fatto qualunque cosa per proteggerla."

"Non l'avete protetta da *me*!" scattò Martin. "In che modo ero diverso da Stamford?" Odiava il fatto che quelle parole fossero vere, ma al tempo stesso non poteva negarlo.

Hartwell abbassò lo sguardo sul pavimento. "La vergogna che ho provato per non averla difesa meglio da voi è ciò che mi ha spinto a oppormi a Stamford. Ma voi non siete lo stesso genere d'uomo. Ho visto i vestiti e i libri che avete mandato assieme a lei. Ho visto il suo viso quando parlava di voi. Mia figlia vi ama e credo che forse, anche voi amiate lei. Qualunque cosa proviate per me, odio, disgusto, sono certo di meritarlo appieno. Ma dovete capire che tutto ciò che ho fatto, l'ho fatto per proteggere la mia famiglia. Non mi sono arricchito col denaro della vostra: ho fatto in modo che la mia continuasse ad avere una casa. Questo non cancella la perfidia delle mie azioni nei vostri confronti, ma quello che ho fatto l'ho fatto per Livvy. Se tenete minimamente a lei, ora dovete aiutarla. Per favore, vi prego." Gli occhi di Edwin erano colmi di disperazione. "Ciò che vi ho fatto è più che disprezzabile, ma vi prego di non permettere che Livvy soffra per i miei peccati. Ho paura di ciò che le farà Stamford."

Martin morì un po' dentro. Anche lui condivideva quella paura. Stamford era pericoloso. "Harris, fai preparare subito la mia carrozza."

"C'è una vettura pubblica che mi aspetta," disse Edwin. "Speravo che sareste venuto con me."

"Sbrighiamoci, allora." Martin non si prese la briga di prendere un cappotto. Ardeva di una rabbia sempre più intensa. Se Livvy fosse stata ferita in qualunque modo, lui avrebbe *ucciso* Stamford.

LIVVY ASCOLTÒ I COLPI MARTELLANTI CONTRO LA porta della camera da letto.

"Piccola–*aargh*!"

La porta si spalancò con un tonfo e la scrivania che la bloccava si mosse di qualche centimetro. Un altro tonfo e la scrivania si mosse ancora. Ogni volta che le gambe di legno grattavano bruscamente sul pavimento, il suono le faceva dolere le orecchie. Livvy se le coprì con le mani e guardò la scrivania tremare e scivolare, un centimetro dopo l'altro, mentre Stamford si scagliava contro la porta. Poi l'uomo ebbe spazio a sufficienza per infilarsi dalla fessura e si mise a camminare in cerchio per la stanza, pestando i piedi. Livvy guardò i suoi stivali fermarsi vicino alla finestra.

"Pensa di riuscire ad andare lontano? Vedremo," ringhiò il visconte, uscendo dalla stanza. Livvy trattenne il fiato. Dopo diversi istanti, uscì da sotto il letto e camminò in punta di piedi verso la scrivania e la porta aperta. Udì le grida di Stamford provenire da un punto lontano al primo piano. Non c'erano servitori nelle vicinanze mentre lei scendeva velocemente le scale e si incamminava verso la porta. Se solo fosse riuscita a uscire in strada...

Il dolore le lacerò la testa quando qualcuno la afferrò per i capelli e la strattonò.

"Vi credevate furba, eh?" Il mormorio minaccioso di Stamford la spinse a lottare. Allungò una mano e artigliò la guancia dell'uomo, facendo scorrere il sangue. Il visconte sibilò e la lasciò andare, ma solo per sferrarle un pugno. La colpì allo zigomo, provocandole un'ondata di agonia. Le si piegarono le ginocchia e cadde ai piedi dell'uomo. Stamford le sferrò un calcio nello stomaco e lei si raggomitolò su un fianco, ansimando. L'uomo cominciò a sollevare di nuovo il piede e lei si raggomitolò ancora più strettamente. Un bussare alla porta spinse Stamford a indietreggiare. L'uomo la fissò.

"Emettete un solo suono e non vivrete abbastanza da pentirvene," la ammonì.

Livvy si fece piccola tra le ombre dietro la porta e Stamford la aprì.

"Si può sapere cosa–"

Rumori e grida di lotta spinsero dapprima Livvy a chiudere gli occhi. Poi li riaprì e vide Stamford indietreggiare barcollando. Un istante dopo, Martin, il suo angelo vendicatore, avanzò su Stamford coi pugni sollevati.

"Dov'è?" chiese imperiosamente Martin.

"Sono qui!" gridò Livvy con voce strozzata.

Stamford si approfittò della distrazione di Martin per saltargli addosso, trascinandolo a terra. Sembrava pronto a spaccare la testa di Martin contro il pavimento, quando all'improvviso un altro uomo glielo levò di dosso.

"Questo è per mia figlia!" Il padre di Livvy si era messo a cavalcioni di Stamford e aveva cominciato a percuoterlo ripetutamente. Livvy guardò con orrore mentre Stamford gemeva e si contorceva, con suo padre che lo aggrediva come un animale selvatico. Martin afferrò il padre di Livvy per le spalle e lo trascinò via mentre gli diceva qualcosa nell'orecchio. Solo allora l'uomo si alzò da Stamford, anche se gli sferrò un calcio nelle costole e si spolverò prima di aver finito con lui. Quindi, suo padre sollevò lo sguardo e la vide.

"Livvy!"

"Sono qui." Livvy si appoggiò al muro per alzarsi, anche se le tremavano ancora le gambe.

"Grazie a Dio." Suo padre la abbracciò. "Ti ha fatto del male?"

"Sì, ma credo che tu gliene abbia fatto di più." Livvy sussultò quando le sue costole lanciarono un grido di dolore. Un fuoco illuminava gli occhi di suo padre quando Martin gli appoggiò una mano calmante sulla spalla.

"Portatela alla carrozza," disse Martin. "Qui ci penso io."

Livvy seguì suo padre all'esterno, ma si voltò e vide Martin torreggiare su Stamford, le mani strette a pugno all'altezza dei fianchi. L'uomo la guardò per un istante; poi, con aria inespressiva, chiuse la porta. Era meglio così. Livvy non voleva vedere ciò che Martin avrebbe fatto, anche se Stamford se lo meritava. La carrozza ondeggiò quando lei e suo padre salirono a bordo. Livvy si lasciò cadere contro i cuscini, respirando affannosamente. Suo padre la guardava con ansia.

"Perché hai portato con te il signor Banks?" chiese a bassa voce. Dopo tutto ciò che aveva appena passato, aveva la sensazione che il suo corpo avesse preso fuoco. Avrebbe voluto mettersi a piangere. Avrebbe voluto rientrare e prendere lei stessa a pugni Stamford. Avrebbe voluto che Martin tornasse da lei ad abbracciarla. Quei desideri in conflitto erano quasi insopportabili. Livvy si serrò le mani in grembo per nascondere il loro tremito.

"Perché? Perché è palese che quell'uomo è innamorato di te."

"Ti sbagli." *Se così fosse, non mi avrebbe mandata via.*

"Quando gli ho detto che Stamford ti aveva rapita, si è infuriato..."

"È un gentiluomo. Sono sicura che sia corso in mio aiuto solo per quel motivo."

Suo padre la fissò come se fosse impazzita. "Fidati di me. Conosco quello sguardo. È quello con cui guardo te e tua madre. L'amore che provo per voi mi ha spinto a compiere gesti di cui ora mi pento, pur di tenervi al sicuro e felici. Negli occhi di quell'uomo, vedo lo stesso sguardo. Lui ti adora."

Finalmente, Martin entrò nella carrozza e si pulì le nocche insanguinate sui pantaloni. Distolse lo sguardo da Livvy quando la scoprì a guardarlo. Per un attimo, fu come se suo padre non fosse nella carrozza con loro. Erano soli, loro due, e quella era l'unica cosa importante.

"Vi accompagnerò entrambi a casa," disse infine Martin, spostando a fatica lo sguardo da Livvy.

Lei si ritrasse di fronte a quella reazione gelida e sentì sulla lingua il gusto amaro della delusione, ma si costrinse a parlare.

"Grazie per essere venuto in mio soccorso, signor Banks."

L'uomo annuì rigidamente e guardò fuori dal finestrino. Livvy guardò Martin, pregando di ricevere un qualche segno che egli soffrisse quanto lei. Ma lui non la degnò nemmeno di uno sguardo; mantenne l'attenzione concentrata sul finestrino opposto rispetto a lei.

Quando la carrozza raggiunse la casa di Livvy, lei fece cenno a suo padre di andarsene, ma lui scosse la testa. "Devo parlare un attimo col signor Banks."

Livvy lasciò la carrozza ed entrò in casa. Si portò una mano alla bocca mentre si voltava, inghiottendo una nuova ondata di dolore al cuore. Era possibile che un cuore si spezzasse una seconda volta? Perché lei era piuttosto sicura che il suo si fosse infranto di nuovo.

"Ditemi che non la amate," disse Edwin.

Più di quanto voi possiate capire. Più di quanto io osi ammettere a chiunque.

"Io..." Le parole erano sulla punta della lingua di Martin, ma non volevano saperne di uscire. Non era facile confessare i suoi sentimenti a un uomo che gli aveva tolto tanto.

"Vi conosco. Non saremo mai amici, riusciremo a malapena a comportarci in maniera civile l'uno con l'altro, ma vi prego, non lasciate che i miei peccati distruggano il vostro futuro con lei, se è questo ciò che desiderate. Io non ho scuse per i torti che ho commesso nei confronti della vostra famiglia. Posso solo dire che stavo combattendo per evitare che la mia venisse cacciata dalla nostra casa. Ho preso decisioni spiacevoli per proteggere Livvy e sua madre. Ma non rimpiango di aver cercato di proteggerle. So che, quantomeno, voi mi capite. Se la amate, non lasciate che il passato rovini tutto." Negli occhi di Edwin non c'era crudeltà, non c'era strafottenza, non c'erano tracce dell'uomo che era stato oltre un decennio prima. Era possibile che fosse davvero cambiato?

"Ci penserò su," disse infine Martin. Ma persino mentre Edwin usciva dalla carrozza, lui capì ciò che provava davvero. Dopo aver visto Livvy sofferente e illividita, la rabbia lo aveva colmato di un bisogno accecante di proteggerla.

Non posso vivere senza di lei. Se ciò significa perdonare in parte suo padre, lo farò. Valeva la pena tenere con sé Livvy, valeva la pena proteggerla. Valeva la pena amarla a qualunque costo.

Picchiettò sul soffitto della carrozza col bastone. Il bastone che lei lo aveva convinto a comprare alla fiera del gelo.

C'era molto da fare.

❧ 17 ❧

Non è venuto a prendermi.

Livvy sedeva in salotto, un libro stretto tra le mani, le parole non lette. Nel fuoco, le braci stavano morendo, e all'esterno la neve cadeva fitta nelle prime ore del mattino. Era trascorsa un'intera settimana da quando era stata salvata dalle grinfie del visconte Stamford e, da quel momento in poi, le sembrava di aver vissuto in trappola. Tutto ciò che riusciva a fare era rivivere il momento in cui Martin era accorso in suo aiuto. Ma poi, l'uomo aveva lasciato che lei tornasse a casa con suo padre e lei aveva capito che non lo avrebbe mai più rivisto. Aveva covato la speranza che Martin sarebbe tornato e l'avrebbe portata via per sposarla. Ma ciò non era accaduto. L'uomo le aveva voluto bene, ma non abbastanza per tornare.

Mise da parte il libro. Era così da giorni: i suoi pensieri vagavano senza meta e, la maggior parte delle mattine, lei non aveva nemmeno voglia di alzarsi dal letto. Il cibo sembrava non avere sapore e il mondo sembrava più grigio di quanto era stato un tempo. La vita stessa era impallidita. Livvy sapeva di avere il cuore spezzato. Esso le doleva al punto che avrebbe potuto ucciderla, e sì, lei sapeva che ciò suonava terribilmente drammatico, come l'estratto di uno dei suoi romanzi gotici, ma era vero. Spaventosamente vero.

"Livvy, cara?" La voce di sua madre la distolse dalla tetra oscurità dei suoi pensieri.

"Sì?"

"Ti ho fatto fare un vestito nuovo. Vorrei tanto vedere come ti sta."

Sembrava un modo terribile per passare il tempo, ma cos'altro c'era da fare? Livvy raggiunse sua madre al piano di sopra, nella camera da letto di lei. Una grossa scatola bianca era posata sul letto e Sally, la cameriera di sopra, era pronta a prestare il suo aiuto.

La madre di Livvy accennò col capo alla scatola. "Forza, dai un'occhiata."

"Mamma, non ho bisogno di un vestito nuovo. Ne ho molti da–" Livvy non concluse la frase. Notò il liso abito viola di sua madre e rimpianse che lei non avesse comprato un vestito per sé.

"Per favore, Livvy." Sua madre aveva un tono di voce stranamente disperato.

Livvy sospirò e aprì la scatola. All'interno si trovava un magnifico abito rosa di costosa seta cangiante. Era troppo pregiato per essere un abito da giorno; sembrava più adatto a un'occasione serale, ma la scollatura era più alta. Livvy tirò fuori l'abito dalla scatola e lo sollevò, piroettando un poco davanti allo specchio, affascinata e un po' confusa. Come poteva permettersi una cosa del genere? Intravide nello specchio il sorriso lacrimoso di sua madre.

"Mamma, cosa c'è?"

Sua madre si asciugò le lacrime dalle guance. "Sto solo immaginando quanto sarai bella con quello addosso. Mettitelo, per favore." Fece cenno alla domestica di aiutarla a cambiarsi.

Una volta che Livvy si fu finalmente vestita, sua madre la prese delicatamente per il gomito.

"Tuo padre e io vorremmo che tu incontrassi una persona." Lo stomaco di Livvy si annodò per il nervosismo mentre seguiva sua madre al piano di sotto. Suo padre indossava la sua giacca nera più bella e aveva in mano il mantello nuovo di Livvy.

"Papà, chi è questa persona che dobbiamo incontrare?" chiese. I suoi genitori si stavano comportando in maniera troppo strana. La qual cosa stava creando una palla di tensione dentro di lei.

"Una persona che spero sarai felice di vedere," rispose suo padre. La baciò sulla fronte e tutti e tre salirono su una vettura pubblica che li attendeva all'esterno. Livvy osservò con apprensione i suoi genitori, cercando di non pensare chi potesse essere quella persona che lei avrebbe dovuto essere felice di vedere. *Ti prego, fa' che non sia un corteggiatore che la mamma ha conosciuto mentre prendeva il tè.*

C'era un solo uomo in grado di farla felice e lei aveva troppa paura per sperare che si trattasse di lui.

Martin.

Il suo cuore ebbe una scossa di speranza, ma non poteva essere. Martin l'aveva lasciata andare. Ora più che mai, Livvy avvertiva un'affinità con lady Leticia, la protagonista del suo romanzo gotico preferito. Lei era stata cacciata dal duca e mandata a casa per la sua stessa sicurezza e il duca le aveva mormorato all'orecchio: "Il mio tempo al sole è finito, e ora dovrò affrontare l'inverno della mia vita senza di voi." Naturalmente, lady Leticia era tornata e aveva salvato il duca dal suo infido fratello minore, e il pericolo era passato. Non sarebbe stato lo stesso per Livvy e lei lo sapeva. Non c'era alcun lieto fine in attesa per lei. La carrozza si fermò e lei fece capolino con la testa dai finestrini, rabbrividendo mentre un lieve freddo penetrava dal finestrino della carrozza. Erano arrivati alla chiesa di St. George.

"Papà?" Livvy guardò suo padre, ma lui sorrideva, trasmettendo un misto di gioia e malinconia. L'uomo scese dalla carrozza e aiutò lei e sua madre a fare lo stesso. Insieme, salirono i gradini della chiesa. Suo padre fece entrare la moglie, ma lui e Livvy rimasero sui gradini per un istante in più.

"Papà, cosa sta succedendo?" volle sapere Livvy, il cuore che batteva all'impazzata.

Suo padre le sfiorò la guancia con le nocche, come

era stato solito fare un tempo, quando lei era una bambina piccola.

"Tu hai dato te stessa per salvare la nostra famiglia Livvy. Quello era..." La voce dell'uomo si fece roca. "Quello era compito mio, un tempo. Ma io ti sono venuto meno, mia cara bambina, in più modi di quanti tu sappia. Ma ora posso fare ammenda."

"Non c'è nulla per cui fare ammenda."

"C'è *tutto* per cui fare ammenda. Tu meriti la vita che io ho sempre sognato di darti. E ora posso dartela."

Suo padre si incamminò verso il pesante portale di legno della chiesa e lo aprì, quindi le offrì il braccio. Livvy faticava a respirare mentre entrava nella chiesa di St. George, lo sguardo che correva da una parte all'altra dello splendido interno dell'edificio. La chiesa era vuota e silenziosa, tranne che per sua madre e per tre uomini in piedi di fronte all'altare: un pastore, un uomo dai capelli scuri e il sorriso gentile, e un altro uomo dai capelli dorati, che la luce del sole mattutino illuminava come l'aureola di un angelo caduto. Il suo angelo.

"Martin!" gemette Livvy. Con gli occhi azzurri che un tempo lei aveva creduto tanto freddi e che ora brillavano come la superficie di un lago estivo in cui si specchiava il più azzurro dei cieli. Livvy guardò suo padre, che si stava asciugando il viso, liberandolo dalle lacrime.

"Sì," disse ridacchiando suo padre. "Il suo amico, il signor Bennet, ha accettato di fare da testimone extra."

"Ma non è tornato a prendermi," mormorò lei, il

cuore fragilissimo e colmo di speranza. Aveva paura a credere a ciò che stava vedendo.

"Avrebbe voluto farlo più di ogni altra cosa, ma doveva rendere tutto perfetto per te, prima." Suo padre indicò il suo vestito nuovo. "Ha fatto molto per noi, Livvy, per noi tutti. Fino a quando tu lo amerai, io farò tutto il necessario per riconquistare la sua fiducia e il suo rispetto."

Lei si morse il labbro tanto fortemente da farlo quasi sanguinare.

"Io lo amo." *Così tanto che mi fa male.*

Suo padre ridacchiò. "Allora facciamolo diventare tuo marito."

Quando Livvy raggiunse Martin, gli occhi dell'uomo scrutarono i suoi, rughe di preoccupazione attorno agli occhi e alla bocca.

"Non dobbiamo farlo per forza, se non volete," disse a bassa voce Martin.

"Mi amate?" chiese lei. Era l'unica cosa di cui lei importasse.

"Sì. Più di quanto sia saggio, più di quanto un uomo dovrebbe amare chiunque e qualunque cosa. Vi amo alla follia, vi amo—" Livvy si gettò contro di lui, baciandolo, il cuore sul punto di scoppiare. Solo quando il sacerdote si schiarì la voce lei si ricordò di essere in chiesa e che le sue azioni erano decisamente inappropriate. Ma quando vide il sorriso sul volto dell'uomo di Chiesa, non si dispiacque troppo.

Sorrise radiosa a Martin e il dolce, tenero fuoco nei

suoi occhi le promise una vita di momenti come quello. L'uomo abbassò la testa verso la sua e congiunse le loro fronti. In quel momento, lei ebbe la sensazione che loro due fossero le uniche persone esistenti al mondo. Era vero. Lui la voleva, ora e per sempre. Il mondo attorno a lei sembrò riprendere vita. Colori e gioia trovarono nuovamente il loro posto.

"Sapete," iniziò a dire Martin, ridacchiando a bassa voce, "credo di aver finalmente trovato l'appellativo giusto per voi."

"Oh?" Livvy inclinò la testa, osservandolo.

"Non amante, non mantenuta, non accompagnatrice... Stavo pensando a... *moglie*."

"È questo il vostro modo di chiedere la mia mano? È un po' tardi: sono già qui," lo prese in giro lei, cercando di non ridere.

"In tal caso, direi che ho avuto successo; sempre che voi siate d'accordo, *moglie*," disse Martin, mentre le sue labbra si curvavano in un sorriso colmo di birbanteria.

"Me ne farò una ragione." Livvy ammiccò.

"Bestiaccia," disse scherzosamente lui.

"La *vostra* bestiaccia," rispose lei. Insieme, fianco a fianco, si posero davanti al pastore.

Alcuni futuri potevano essere distrutti da una mano di carte, altri conquistati a quello stesso gioco. Livvy aveva scommesso il cuore amando Martin... e aveva vinto.

EPILOGO

Il Natale a casa Fairfax era magico. Martin non poteva negarlo. Aveva trascorso molti anni evitando l'allegria della stagione festiva, ma ora ciò era impossibile. Guardò Livvy inseguire suo nipote sull'erba innevata, i due che si scagliavano palle di neve. Rise quando sua moglie scivolò e cadde sul sedere in mezzo alla neve e Jeremy le saltò addosso. Entrambi si rotolarono, ridendo di gioia.

"È splendida, Martin. Proprio come avevi detto tu." Helen era accanto a lui. Teneva sua figlia tra le braccia e la piccola stava giocando con una ciocca dei capelli biondi di Helen.

"Non avrei mai pensato..." La gola di Martin si serrò. "Che sarei riuscito a perdonare ciò che è accaduto ai nostri genitori, ciò che è accaduto a noi."

Helen sorrise e gli rivolse un cenno del capo. "Lascia che ti mostri una cosa." Lo portò fino a una piccola macchia di cespugli ghiacciati vicino alla finestra della biblioteca. In qualche modo, un singolo bocciolo di rosa era sopravvissuto all'inverno, forse perché il sole pomeridiano che si rifletteva sulle finestre scaldava l'aria nei pressi del vetro.

"La vedi quella?" Helen indicò il cespuglio dove crescevano le rose blu. Martin non aveva mai visto rose di quel colore in passato.

"Ti ricordi cosa diceva nostra madre? La leggenda della rosa blu?"

Martin sorrise e annuì. "Diceva che quella rosa può crescere solo quando due nemici si innamorano."

Helen cambiò posizione a sua figlia e sorrise quando vide Gareth unirsi a Livvy e Jeremy per giocare nella neve.

"Entrambi abbiamo sposato persone che credevamo di non poter sposare, eppure... quei doni sono stati la benedizione più grande di tutte."

Martin non poteva che essere d'accordo. Nel momento in cui Livvy aveva detto sì nella chiesa di St. George, la sua vita si era trasformata in un'eterna primavera. Finché avrebbe avuto lei, le rose blu sarebbero sbocciate sempre, anche d'inverno.

Finalmente, Livvy abbandonò i suoi giochi tra la neve e corse da lui. La sua esuberanza giovanile gli ricordò che non era vecchio come si era sentito un tempo. Poteva essere giovane con lei, ricatturare quella magia in ogni risata, ogni sorriso, ogni bacio. La prese per la vita, stringendola a sé. Livvy sapeva di boschi d'inverno e fiori, un miscuglio allettante.

"Siete felice?" gli mormorò contro le labbra. Il cuore di Martin accelerò i battiti quando lei gli sorrise. Livvy portava calore nel suo cuore, come un fuoco ardente nel pieno dell'inverno. Lui non era un uomo di poesia o di romanticismo, per cui le disse con le labbra ciò che le sue parole non potevano comunicare.

"Non credo che esista una singola parola in grado di esprimere appieno la mia felicità. L'emozione è troppo grande." Il barlume di una lacrima apparve negli occhi nocciola di Livvy e, in quel momento, Martin capì di essere veramente e assolutamente devoto a lei. Tutto ciò che c'era di buono, nobile e puro in quel mondo cominciava nella curva delle labbra di sua moglie e proseguiva nel bagliore dei suoi occhi quando lo guardava con tenerezza. Martin non si era dimenticato ciò che aveva provato nel primo momento in cui l'aveva vista e ora i suoi sentimenti non erano diversi. Lei lo rendeva ammutolito, gioioso, stupito e pieno di gioia. Livvy era tutti quei sogni in cui lui aveva temuto di sperare.

"E voi?" chiese la giovane. "Siete felice?"

Martin si portò una delle mani guantate di Livvy al petto, appena sopra il cuore, e riuscì ad annuire. Era troppo emozionato per parlare. Lei parve capire e si alzò in punta di piedi. La brezza strattonò giocosamente i suoi riccioli scuri e lui giocherellò con una ciocca di essi un attimo prima che le loro labbra si incontrassero. Il bacio fu a malapena un sussurro, all'inizio, una silen-

ziosa promessa degli anni di passione che li attende-
vano. Ma si fece più duro, bruciando come sole sul suo
viso dopo una lunga giornata senza nuvole.

"Non ci sono parole... Ma ci sono baci," giurò
Martin. Baci su cui ricostruire il resto delle loro vite e
per intrecciare i loro cuori come gli steli delle rose blu,
che sbocciavano contro ogni possibilità.

Grazie mille per aver letto *La seduzione del
Gentiluomo*! Presto la serie vedrà l'aggiunta di un quinto
volume! Ma nel frattempo, spero che girerete pagina e
leggerete i primi due capitoli di *Stregare il conte*, un
romanzo storico a sé stante che parla di due nemici che
si innamorano e guariscono le ferite del passato! Il
romanzo sarà disponibile nel 2020

STREGARE IL CONTE

CAPITOLO 1

Strano, come il futuro di una persona potesse dipendere da un singolo istante. Ci si poteva sentire in trappola, paralizzati, quando il mondo girava all'impazzata su se stesso. Daphne Westfall stava vivendo un momento del genere, incapace di andare avanti ora che la sua vita era stata rivoltata completamente. Dalla morte di suo padre, viveva in un incubo la cui fine non era ancora in vista.

Rabbrividì sul marciapiedi innevato, la mano tesa verso i passanti, pregando che qualcuno avesse pietà di lei. La gente la schivava con le labbra arricciate in smorfie di disgusto. Un'altra raffica di vento soffiò dal fiume e le sferzò le gambe e la gonna lisa. Daphne pestò i piedi e poi serrò strettamente le gambe, sperando di conservare il calore, ma ancora non riusciva a sentire le dita dei piedi. Aveva le mani secche e screpolate, le unghie un tempo pulite coperte da strati della sporcizia di strada.

Le lacrime le punsero gli occhi. Sarebbe bastato qualche penny prima del tramonto per tenerla fuori dal Bordello della Casa Bianca a Soho. Daphne si morse il labbro e rifuggì mentalmente quell'opzione. Andare laggiù l'avrebbe distrutta completamente.

Il suo stomaco dolorante brontolò. Doveva essere pragmatica se voleva sperare di riempirselo, di scaldare il suo corpo tremante accanto a un fuoco e dormire in un letto caldo.

Daphne resistette all'impulso di toccare la tasca segreta del suo abito, in cui aveva nascosto le perle di sua madre. Un'altra donna avrebbe potuto vendere le perle per mangiare, ma lei non aveva il cuore di farlo. Quel singolo, elegante filo era tutto ciò che le restava di sua madre, l'unica cosa che i tribunali d'Inghilterra non erano riusciti a strapparle dalle mani mentre mandavano suo padre in prigione.

Quando sir Richard Westfall, suo padre, era stato condannato per contraffazione, il suo patrimonio era stato sequestrato dalla Corona e le sue proprietà vendute per pagare il dovuto alle sue vittime. Daphne era stata gettata in mezzo al freddo senza nulla, se non un singolo vestito e le perle di sua madre riposte in una tasca segreta.

"Vi prego... vi prego, signore," mormorò a un passante. "Qualche penny..."

L'uomo sputò sulla sua mano aperta e tremante.

Daphne si fece piccola con un sussulto e si affrettò a pulirsi dallo sputo sul vestito. Nuove lacrime le sfuggirono quando la vergogna minacciò di soffocarla.

Vendi le perle e non dovrai più affrontare tutto questo... le mormorò nella testa una voce oscura. Ma lei non poteva farlo.

Un uomo e una donna si fermarono sulla strada a qualche metro di distanza e la fissarono. La speranza risorse in lei. Conosceva quella donna: era lady Esther Cornelius. Un tempo, era stata sua amica.

Esther la fissò con gli occhi spalancati, quindi mormorò qualcosa al suo accompagnatore, che lanciò una piccola borsa di monete, pur mantenendo una buona distanza. In passato, Daphne si sarebbe nascosta dalle persone che conosceva, vergognandosi dello stato in cui si trovava, ma in quel momento non riusciva a pensare ad altro che alla fame. Con sua vergogna, balzò sulla borsa, atterrando duramente nella gelida pozzanghera lungo il vicolo. Afferrò la borsa e se la strinse al petto. Quando sollevò lo sguardo, lady Esther e il suo accompagnatore si stavano già allontanando.

Daphne tirò su col naso, le narici che le bruciavano mentre cercava di tenere a bada le lacrime. Quanto avrebbe voluto poter maledire suo padre. Lui le voleva bene, proprio come lei voleva bene a lui, eppure le aveva distrutto la vita, il futuro... tutto.

Non seppe quanto a lungo rimase seduta lì, tremando e stringendosi la piccola borsa al petto, prima di nasconderla al sicuro tra le gonne e guardarsi attorno.

La sua attenzione fu attirata dalla sagoma di un uomo alto e attraente che se ne stava appoggiato alla parete di un negozio dall'altra parte della strada. I suoi abiti squisiti e il suo aspetto raffinato lo indicavano come un gentiluomo.

La paura risalì lungo la spina dorsale di Daphne. Perché mai un gentiluomo avrebbe dovuto guardare una mendicante? Forse non era poi così gentiluomo come sembrava. Avrebbe rubato le monete, preso le perle di sua madre? Lei non glielo avrebbe permesso. Si alzò in piedi e si affrettò lungo la strada, lottando contro l'impulso di correre.

Si guardò alle spalle. L'uomo la stava seguendo lungo il lato opposto della strada. Daphne allungò il passo. All'improvviso, lo sconosciuto svanì alla vista quando un nutrito gruppo di persone gli passò davanti. Lei si fermò di fronte a una fila di carrozze parcheggiate lungo la strada e passò lo sguardo sulla folla.

"Signorina Westfall." Daphne fece per voltarsi verso la voce quando dita forti le afferrarono il braccio.

La sua spalla andò a sbattere contro un petto duro. Lanciò un grido. La portiera della carrozza più vicina si aprì e l'uomo la trascinò dentro. Daphne artigliò il braccio mascolino che la teneva ferma.

"Non gridate, signorina Westfall. Non correte alcun pericolo."

Daphne si liberò dalla presa dello sconosciuto e si lanciò verso la porta. L'uomo la trascinò con uno strattone sul sedile di fronte a sé.

"Per favore, signorina Westfall. Sto cercando di aiutarvi."

Daphne si immobilizzò nell'udire l'urgenza nella voce dell'uomo. Era l'individuo fin troppo bello che lei aveva intravisto dall'altra parte della strada. Come aveva fatto ad arrivarle alle spalle così velocemente?

"Aiutarmi?" volle sapere lei, odiando la paura nella propria voce. "Il rapimento non è il genere d'aiuto di cui ho bisogno."

"E per fortuna, perché non è il genere d'aiuto che io vi sto offrendo." L'uomo le lasciò il braccio e appoggiò la schiena al cuscino. "Mi chiamo sir Anthony Heathcoat. C'è chi mi definisce 'il Signore degli Accordi.'"

"Il Signore degli Accordi?" Daphne non aveva mai sentito parlare di lui. "E io cosa c'entro?"

L'uomo sorrise gentilmente. "Tutto."

Daphne lo osservò. Nella sua espressione non c'erano compassione o lussuria. Forse il suo aiuto non consisteva che nel permetterle di riposarsi in una carrozza calda, lontano dal vento gelido.

"So di vostro padre," disse Anthony.

Daphne si irrigidì. Costui non era il primo uomo a cercare vendetta su di lei per via di suo padre.

"Tranquilla, ragazza mia." L'uomo sollevò una mano. "Non ho alcun desiderio di farvi del male. Consentitemi di parlare. Poi, se non vorrete il mio aiuto, vi permetterò di tornare in strada dove eravate, con qualche sterlina in più per il disturbo."

La vergogna le scaldò il viso e Daphne distolse lo

sguardo. Mai, in vita sua, avrebbe creduto che si sarebbe seduta in una carrozza con un uomo a discutere della sua vita di mendicante.

Sollevò il mento e incrociò lo sguardo di Anthony. Negli occhi dell'uomo non brillava alcuna ombra di minaccia. "Molto bene. Fate il vostro discorsetto."

"So dei crimini di vostro padre," disse l'uomo. "La contraffazione è un reato grave. È stato fortunato che non lo abbiano mandato alla forca."

Daphne cercò di inghiottire l'improvviso groppo alla gola.

"So inoltre che la sua condanna ha fatto sì che le sue proprietà venissero usate per ripagare le sue vittime; o almeno, le sue vittime nobili."

Un'altra, dolorosa deglutizione. Daphne non riusciva a parlare. Quella era stata la vergogna più grande. Suo padre aveva tradito degli amici in società, contaminandoli con il suo disonore. A Daphne non era stato permesso udire i dettagli più scabrosi dall'avvocato di suo padre, ma aveva sentito mormorare che un uomo si era sparato dopo essere stato associato allo scandalo.

"Non ho mai creduto che i peccati dei padri debbano ricadere sui figli," disse Anthony. "È ingiusto che voi dobbiate soffrire per i suoi crimini. Vorrei aiutarvi."

"Come potete?" chiese lei, avvertendo una strana insensibilità.

"Avete mai notato che il *ton* è sempre a favore di un buon matrimonio? La giusta unione può cancellare anche il peggiore dei peccati dalla memoria pubblica." L'uomo sorrise. "Forse persino per coloro su cui è ricaduta l'ombra dello scandalo."

L'ombra dello scandalo? Quest'uomo ci sapeva fare con le parole. Ma, il matrimonio? Nessun uomo sano di mente avrebbe sposato Daphne. Persino le più scadenti tra le modiste si erano rifiutate di darle lavoro come semplice sarta, da tanto nero era il nome della sua famiglia.

"Ma... Io non ho alcuna prospettiva, alcuna conoscenza. Nessun gentiluomo vorrà mai–"

La delicata risata di Anthony la stupì al punto da zittirla. "Non c'è bisogno di preoccuparsi, signorina Westfall. Sono sicuro che potrei trovare mezza dozzina di uomini che considererebbero un privilegio prendervi in moglie. Sempre che voi siate disponibile a prestarvi."

"A prestarmi?" ripeté Daphne. Forse, nella carrozza faceva più caldo di quanto lei si fosse resa conto, perché cominciò a girarle la testa.

"A un'asta matrimoniale," disse l'uomo. "La buona società non parla ad alta voce di questa forma di... corteggiamento, ma in generale funziona così: voi incontrate dei gentiluomini interessati, quindi loro fanno offerte per la vostra mano."

"Offerte?" La parola le uscì di bocca in uno squittio spaventato.

Anthony annuì. "Il denaro delle offerte verrà versato in un fondo fiduciario affidabile e a vostra disposizione. Verranno firmati dei contratti e un fiduciario maschio di vostra scelta verrà nominato per assicurare che vostro marito rispetti i termini. Questo vi darà denaro a sufficienza per vivere nell'agio. Naturalmente, si spera che il vostro nuovo marito vi offrirà ancora di più, in quanto sarete sua moglie."

Sembrava assurdo, ma... Daphne si morse il labbro mentre ci pensava su. Un matrimonio combinato? Era normale che donne ricche e titolate venissero date in matrimonio agli uomini che offrivano le condizioni migliori. Ma lei non era una donna ricca. E poi, essere venduta? Daphne fissò il soffitto della carrozza. A metterla così, sembrava poco meglio del Bordello della Casa Bianca. E poi, permettere che uno sconosciuto facesse offerte per lei? Che la sposasse? Poteva davvero accettare qualcosa di tanto assurdo?

"Ci... ci sarebbe un modo per verificare che questi candidati non siano inclini a fare del male alle loro mogli? Non potrei mai sposare un uomo che..." Daphne si interruppe. Avevo imparato che gli uomini potevano essere crudeli e violenti se ciò si confaceva ai loro desideri e non aveva alcuna voglia di rinunciare alla sua già scarsa sicurezza per sposare un uomo che le avrebbe fatto del male. Aveva già avuto prova a sufficienza di ciò, quando aveva visto una donna avvicinata la notte prima sulla strada e derubata del suo denaro. L'uomo che l'aveva derubata l'aveva percossa brutalmente e nessuno si era fatto avanti per aiutarla, perché era una prostituta.

L'espressione di Anthony si fece seria. "Naturalmente. Sottoporrò i candidati a colloqui molto approfonditi. Avete la mia parola che solo brav'uomini offriranno per voi."

Daphne si infilò una mano nella tasca del vestito e accarezzò le perle lisce. "Credete davvero che degli uomini faranno offerte per una... donna nell'ombra dello scandalo?"

Anthony annuì. "Gli uomini sapranno della vostra situazione e vi assicuro che non vi giudicheranno a causa di essa."

Anthony sorrise e Daphne rimase sconvolta dalla gentilezza nella sua espressione. "Non tutti gli uomini giudicano una donna per i crimini di suo padre." Un bagliore apparve nei suoi occhi. "Soprattutto quando lei è intelligente... e bella."

Il calore risalì le guance di Daphne. "Quand'è che devo decidere?" chiese.

"Posso concedere una settimana, ma preferirei che non girovagaste per le strade. Potreste prendervi un malanno. Se accettate subito, posso fare in modo che l'asta si tenga anche domani e fornirvi un letto caldo per la notte, assieme a un pasto."

Daphne ebbe un crampo allo stomaco al solo pensiero del cibo. Avrebbe dovuto temere le motivazioni di quello sconosciuto; avrebbe dovuto rifiutare e fuggire. Ma l'istinto – o l'intuito – la spingevano a fidarsi di lui. Si premette una mano contro il ventre. In alternativa, forse il digiuno aveva sopraffatto il buonsenso. "Per favore, considerate di accettare subito," disse Anthony.

Lei osservò il viso schietto dell'uomo nell'interno

semibuio della carrozza. "Cosa ci guadagnate aiutandomi?"

Anthony non rispose subito, ma lei notò una traccia di malinconia che smorzò la luce che prima aveva brillato nei suoi occhi. "Trovo che far conoscere le persone, persone adatte l'una all'altra, mi dia uno scopo. In troppi si concentrano su denaro e potere. Io voglio creare una forza dedita all'amore." L'uomo sorrise e, all'improvviso, parve ringiovanire di anni. "È un'idea romantica, lo so, ma non riesco a farne a meno. Ho un certo talento per creare le coppie, che spesso finiscono con lo sposarsi per amore."

Amore... Daphne non pensava all'amore da così tanto tempo che aveva messo in dubbio l'esistenza di quell'emozione. Anthony poteva anche avere talento come sensale, ma lei non avrebbe mai avuto la fortuna di trovare l'amore. Ma un uomo che tenesse a lei anche solo un poco... Un uomo che volesse dei figli... Santo cielo, non aveva pensato a quella possibilità. Un uomo del genere le avrebbe dato una vita ben oltre qualunque cosa lei avesse osato sperare. Negli ultimi mesi, si era sentita raggelata in un modo che non aveva nulla a che vedere col vento e la neve... incapace di muoversi, di cambiare la propria sorte in alcun modo.

"Lo... lo farò," disse infine, la voce forte nonostante il cuore in tumulto.

"Splendido! C'è qualcosa che dobbiamo andare a prendere, o possiamo andare subito alla casa?"

"Non possiedo nulla, se non ciò che indosso,"

ammise lei mentre un nuovo rossore di vergogna le scaldava il viso.

"Non preoccupatevi," disse Anthony; ma la pietà nei suoi occhi era quasi insopportabile. Daphne si concentrò sul piccolo finestrino della carrozza mentre l'uomo apriva la portiera e dava un indirizzo al cocchiere.

Un'asta matrimoniale. Ma quale scelta aveva? Premette la mano contro le perle nascoste nel vestito e chiuse gli occhi. I margini del suo mondo gelato parvero sciogliersi appena un poco e il suo corpo si scaldò per la promessa di sicurezza e di una possibilità di tornare a vivere.

CAPITOLO DUE

Lachlan Grant entrò nella sala da carte del club Berkley's, guardando storto qualunque uomo osasse anche solo avere un'idea di mettersi sulla sua strada. Il viaggio in carrozza da Edimburgo era stato lungo e noioso e Lachlan non era dell'umore di avere a che fare con dei damerini inglesi che si mettevano in mostra gli uni di fronte agli altri. Non avrebbe voluto nemmeno uscire, quella sera, ma se fosse rimasto ancora per un istante da solo nella casa londinese di suo fratello, sarebbe impazzito.

No, la casa non era più di suo fratello...

Come tutto, nei mesi trascorsi dalla morte di suo fratello maggiore, quella residenza gli sembrava ancora quella di William. Il titolo di William, la casa di William, la vita di William. Lachlan aveva semplicemente preso il posto di suo fratello per colmare il vuoto.

Non ho mai voluto diventare conte di Huntley.

Un sapore amaro gli rimase appiccicato sulla lingua e lui si acciglió mentre il suo umore si faceva ancora più nero.

Ora si ritrovava sul groppone un dannato titolo e tutti i doveri e le responsabilità a esso collegati. Aveva guadagnato una fortuna che non aveva mai voluto e il prezzo era stato il fratello a cui voleva un mondo di bene.

Lachlan passò lo sguardo sui tavoli, disperatamente desideroso di unirsi a una partita a carte, anche se il suo cuore si ribellava. Si sentiva irrequieto, furioso e pronto a fare qualcosa di assolutamente sciocco; *qualunque cosa* pur di alleviare il dolore nel suo petto.

Era l'ultimo della famiglia Grant, perché né lui né William si erano sposati. Era uno dei motivi per cui erano stati così vicini, con solo due anni che li separavano. William aveva compiuto trent'anni sei mesi prima di morire e Lachlan ne aveva appena compiuti ventotto: era troppo giovane per perdere suo fratello.

Uno scoppio di risa proveniente da un tavolo vicino attirò la sua attenzione. Un gruppo di giovanotti era chino su un tavolo di faraone; erano elettrizzati dalla vittoria. Lachlan si incamminò verso il tavolo, ma qualcuno si frappose sul suo percorso e lui gli andò a sbattere contro.

"Chiedo scusa," borbottò.

L'altro uomo lo afferrò per le spalle ed entrambi fecero un passo indietro. Lachlan rimase di stucco quando riconobbe i capelli scuri e il mento angoloso.

"Anthony?" Le nubi oscure che si erano raccolte sul suo orizzonte interiore si allontanarono leggermente.

"Mio Dio, Lachlan!" Sir Anthony Heathcoat gli diede una pacca sulla spalla a mo' di saluto. "Quanto tempo è passato?"

"Almeno quattro mesi," rispose ridacchiando Lachlan.

Il suo amico sospirò, ma il suo sguardo rimase caloroso. "Quattro mesi? Così tanto? Confido che tu stia bene." L'ultima frase fu pronunciata in tono più cauto e Lachlan sapeva perché. Anthony era stato amico di William quanto lo era di Lachlan, ma poiché si trovava all'estero al momento della morte di suo fratello, si era perso il funerale. L'inaspettata scomparsa di William aveva lasciato molti loro amici ancora afflitti dal dolore.

"Ammetto di essere stato meglio." Lachlan si passò una mano sulla mascella. "Non ho mai voluto governare Huntley Castle. Non che abbia scelta, adesso."

Anthony annuì, lo sguardo cupo. "Vieni a bere qualcosa. Vorrei la tua opinione su una faccenda."

Lachlan seguì Anthony. L'incontro col suo vecchio amico aveva rasserenato il suo umore irrequieto. Entrarono in una tranquilla sala da lettura con un fuoco scoppiettante e morbide poltrone imbottite. Dopo essersi messo comodo, Anthony chiamò un cameriere e ordinò due bicchieri di brandy.

Lachlan appoggiò gli avambracci alle ginocchia e si sporse verso Anthony. "Su cosa potresti mai aver bisogno del mio consiglio?"

Anthony incrociò il suo sguardo con un'improvvisa scintilla di malizia. "Domani sera terrò un'asta matrimoniale. Speravo che tu potessi unirti a noi e fare un'offerta per la sposa."

Una risata sguaiata sfuggì a Lachlan, ma lui tornò serio quando il suo amico si accigliò. "Cosa diavolo è un'asta matrimoniale?"

Anthony ridacchiò. "È esattamente quello che sembra. C'è una splendida giovane donna a casa mia e io sto invitando alcuni uomini desiderosi di sposarsi per conoscerla e parlare con lei per qualche minuto. Poi farete delle offerte. Il miglior offerente la prenderà in moglie. Il denaro offerto verrà versato in un fondo fiduciario speciale intestato alla signora e gestito da una persona terza, un uomo di fiducia della signora e da lei scelto."

"Le donne coinvolte partecipano volontariamente?"

Anthony si ritrasse. "Chi credi che io sia?"

"Un uomo molto migliore di quanto io abbia appena insinuato. Chiedo scusa. Dimmi, allora, qual è il vero scopo di tutto questo?"

"Aiutare signore bisognose, donne che cercano disperatamente marito. La maggior parte degli uomini accetta di pagare una piccola fortuna per trovare moglie."

"E tu conosci degli uomini disposti a comprarsela, una moglie?" Lachlan non avrebbe mai pensato di conoscere un uomo disposto a spendere una fortuna per una sposa, quando la legge consentiva ai mariti di incamerare le proprietà delle mogli. Lachlan non era il tipo da sposarsi per trarne guadagno, ma sapeva che molti uomini lo facevano.

"La cosa ti stupirebbe. Non tutti sono così cinici nei confronti dell'amore come te, vecchio mio. Alcuni sono molto felici di trovare una giovane dolce da sposare, in modo da poter vivere una buona vita insieme. Ora..." Anthony fece una pausa mentre il ragazzo tornava col loro brandy su un vassoio. Una volta che il cameriere si fu allontanato, Anthony disse: "Ora, prenderesti in considerazione di venire e fare un'offerta per la donna in questione?"

"Fare un'offerta per una sposa? Vorresti che io *comprassi* una donna? Sangue di Giuda, Anthony, non voglio ancora sposarmi. E poi, non ho alcun bisogno di comprare una moglie, lo sai." Poche settimane dopo la morte di William, le donne avevano cominciato a cercare di farsi invitare da lui in Scozia. Metà del *ton* inglese voleva entrargli in casa, invadere la sua vita e disturbare il suo lutto, solo per avere la possibilità di accalappiare il nuovo conte di Huntley.

Anthony sorseggiò il suo brandy, osservando pensosamente Lachlan. "Ricordo fin troppo bene i tuoi giorni più sregolati, ma ora che William non c'è più, una moglie potrebbe alleviare parte delle tue sofferenze."

Lachlan si accigliò e fece vorticare il contenuto del suo bicchiere.

Il suo amico strinse gli occhi. "Sai che non intendo quello che pensi tu. Tutti sentiamo la mancanza di

William, ma non si può cambiare il passato. Una moglie potrebbe aiutarti a guarire."

Bevvero in silenzio per un istante prima che Anthony si scrollasse la tensione di dosso e sorridesse. "Pensavo che potrebbe interessarti sapere che la giovane donna in questione è Daphne Westfall. È molto bella e piuttosto dolce. Speravo che avresti almeno preso in considerazione l'idea di conoscerla."

Westfall...

Il nome lo colpì come un pugno nello stomaco... un nome inciso a sangue nel suo cuore. Sul tavolo dello studio vicino al corpo di suo fratello era stata posata una lettera che aveva spiegato la vergogna e la responsabilità che William provava per i suoi affari col famigerato falsario sir Richard Westfall. Il titolo e le terre degli Huntley erano sopravvissuti alle conseguenze delle falsificazioni di Westfall, ma William non era mai stato il tipo in grado di sopportare la perdita dell'onore.

"Westfall?" La bocca di Lachlan si seccò nel pronunciare il nome. "Non è che per caso è la figlia di sir Richard, vero? L'uomo condannato per aver contraffatto delle banconote?"

Lentamente, Anthony annuì. "È proprio lei. La conosci?"

Lachlan non aveva mai condiviso con nessun il contenuto della lettera, nemmeno con sua madre.

"No, ma ho sentito dire che è una brava ragazza, nonostante i crimini commessi dal padre."

Lachlan non aveva sentito nulla del genere. Non

aveva nemmeno saputo che il vecchio bastardo avesse un figlio. Ma la vendetta che non avrebbe mai pensato di ottenere per William era ora, forse, a portata di mano.

"Allora verrai? Ho promesso alla signorina Westfall che avrei portato degli uomini buoni e rispettabili a fare offerte per lei. Si trova in una situazione molto difficile e un buon matrimonio assicurerebbe il suo futuro."

Lachlan assunse un'espressione di cordiale interesse. "Certo. Sarei felice di conoscere la ragazza e di offrire per lei."

Heathcoat sorrise da un orecchio all'altro. "Il matrimonio ti farà bene. Avevo la sensazione che sarebbe bastata solo una spintarella."

Con un sorriso cupo, Lachlan assentì. Sir Richard era in prigione per i suoi crimini; di conseguenza, anche sua figlia avrebbe subito una sorta di prigionia.

Avrebbe sposato lui e trascorso il resto della sua vita a pagare per i crimini di suo padre, vivendo senza tutti quei lussi che le falsificazioni paterne le avevano consentito. Avrebbe imparato a vivere senza alcuna frivolezza, senza gioia, senza amore... senza nulla.

Proprio come Lachlan era condannato a vivere senza suo fratello.

Così, soffriremo insieme.

Daphne si sentiva un'impostora nell'abito da

sera blu datole da Anthony. L'uomo aveva insistito perché lei lo tenesse, ma Daphne aveva promesso che avrebbe trovato un modo per restituirglielo una volta che avesse avuto dei vestiti suoi. La paura le fece venire l'amaro in bocca mentre cercava di non pensare al suo futuro dopo quella sera, e d'istinto allungò una mano verso le perle nella tasca del suo abito nuovo.

Mentre entrava nel salotto della casa di Anthony Heathcoat, ricordò a se stessa che quella era l'opzione più sicura che le rimaneva. Se si fosse procurata un marito quella sera, avrebbe evitato il bordello e non avrebbe mai più sofferto la fame.

Un gruppo di sette uomini era in piedi vicino al fuoco, i membri intenti a discutere a bassa voce gli uni con gli altri. Quando lei si schiarì la voce, si voltarono come un sol uomo e ciascuno la soppesò immediatamente. Daphne giunse le mani di fronte a sé per controllare il loro tremito mentre subiva le occhiate interessate degli uomini.

Non aveva mai riflettuto su come le giumente da riproduzione dovessero sentirsi quando venivano vendute da Tattersall's, ma ora provava un forte dispiacere per quelle creature.

"Signori, posso presentarvi la signorina Daphne Westfall?" Anthony si avvicinò, portandosi alle labbra la mano di Daphne e baciandone le dita guantate. "Va tutto bene, mia cara?" mormorò.

"Sì, mi sento solo un po'..." La mano tremante di

Daphne disse ciò che lei non riusciva a dire. Anthony la strinse delicatamente.

"Questi sono bravi uomini, che vi tratteranno bene."

"Grazie," disse lei. Era sincera. Anthony l'aveva salvata dalla strada e lei non sarebbe mai riuscita a ripagare la sua gentilezza.

"Ottimo. Vi presenterò ciascuno degli uomini. Faranno le loro offerte in buste chiuse. Il miglior offerente tornerà qui e noi firmeremo i contratti. Questo assicurerà la vostra compensazione finanziaria."

La gola di Daphne si serrò. Non riusciva ancora a credere che lo stesse facendo davvero: incontrare degli uomini nella speranza che loro volessero sposarla. Che differenza c'era tra quello e prostituirsi? Se non altro, avrebbe condiviso il suo corpo con un solo uomo e non avrebbe dovuto vivere con la vergogna di risiedere in un bordello.

"Signori, vi prego di mettervi in fila, in modo che io possa presentarvi alla signorina Westfall."

Gli uomini si allinearono e, uno alla volta, lei fu presentata a ciascuno di loro. Erano tutti affascinanti, amichevoli e genuini. A ogni presentazione, Daphne si sentiva più sollevata. Ebbe un paio di minuti a disposizione per parlare con loro e li trovò tutti piacevoli. Anthony aveva mantenuto la parola.

L'ultimo uomo ad avvicinarla fu diverso. Daphne dovette inclinare la testa all'indietro per vederlo in faccia. Era incredibilmente alto, con le spalle larghe. Lei si sentiva minuscola in sua presenza. Era un po' più muscoloso degli altri e un po' più minaccioso. Lei fu tentata di fare un passo indietro, se non altro per vederlo meglio in viso.

"Signorina Westfall, costui è Lachlan Grant, conte di Huntley."

"È un piacere." La voce profonda di Lachlan aveva un deciso accento scozzese.

"Milord," rispose lei, fissando negli occhi blu scuro dell'uomo. Erano di uno splendido color zaffiro profondo, ma una strana luce brillò nelle loro profondità, per poi svanire dietro un sorriso cordiale. Daphne se l'era immaginata? Poteva anche darsi. Aveva sentito dire più di una volta che gli scozzesi tendevano a essere cupi e sanguigni, e sembrava che Huntley non fosse diverso.

"Venite dalla Scozia? Da dove, se posso chiedere?"

"La cittadina di Huntley si trova a mezza giornata a cavallo a nord di Edimburgo." Lo sguardo dell'uomo rimase fisso nel suo con aria quasi rapace. Daphne rabbrividì, cercando di pensare a come proseguire la conversazione per scoprire di più della personalità di quell'uomo.

"Non sono mai stata a nord di Edimburgo. Deve essere splendido."

Lo sguardo e l'espressione del conte si intenerirono per un attimo. "*Aye*, è magnifico, soprattutto in primavera, quando fiorisce l'erica."

"Vivremmo laggiù per la maggior parte dell'anno, se la vostra offerta si rivelasse la migliore?" Era una domanda che Daphne aveva fatto a tutti i gentiluomini. Aveva bisogno di una casa, di un luogo in cui potesse sentirsi al sicuro, di un luogo dove sfuggire al giudizio del *ton* per i crimini di suo padre.

"Sì. Vengo a Londra solo un paio di volte all'anno. Andrebbe bene per voi?" chiese l'uomo.

"Sì, qualunque cosa preferiate andrà bene per me, ne sono certa." Una casa nelle Highlands... Daphne adorava l'idea, ma non era certa di essere pronta a sposare un uomo serio e cupo come quello che aveva di fronte.

"Ora," disse Anthony, sorridendo agli uomini. "Fate le vostre offerte e aspettate di fuori, per favore." Diversi tra gli uomini offrirono a Daphne sorrisi calorosi e speranzosi, prima di scrivere la propria offerta e sigillare le buste.

L'attenzione di Daphne fu attratta da Lachlan mentre questi scriveva la cifra sul foglietto di carta che aveva in mano. Lo sguardo dell'uomo incrociò il suo e una scarica elettrica la percorse, come se in quell'istante lei fosse *posseduta* da lui. Quella sensazione la spaventò, ma Daphne non riuscì a distogliere lo sguardo da lui, nemmeno mentre questi metteva la busta sul palmo di Anthony e usciva dalla stanza.

Gli ultimi uomini rimasti diedero le buste a Anthony prima di uscire. Dopo che l'ultimo uomo se ne fu andato, Anthony e il suo domestico, Finchley, aprirono le offerte. Daphne li guardò riorganizzare i fogli di carta in ordine crescente. Il cuore le martellava così violentemente contro le costole da renderle difficile respirare. Quale, tra gli sconosciuti, sarebbe diventato suo marito?

"Ahh, eccoci qua." Anthony guardò nella sua direzione. "Abbiamo un vincitore. Vado a ringraziare gli altri e a congedarli." Anthony uscì dalla stanza. Il rumore della porta che si chiudeva risuonò troppo rumorosamente nel silenzio imbarazzante. Daphne si aggrappò a una sedia per sostenersi, le unghie che affondavano nel disegno floreale del tessuto mentre lei cercava di calmarsi.

La porta si aprì e Daphne inalò di scatto. Sir Anthony entrò, seguito dal conte di Huntley. Ancora una volta, Daphne divenne oggetto di quello sguardo tetro. L'uomo non era felice di aver fatto l'offerta più alta? Le labbra serrate suggerivano diversamente. Un abisso si spalancò nello stomaco di Daphne, che cominciò a faticare a respirare. Avrebbe dovuto sposare lui... l'uomo che parlava dell'erica delle Highlands in primavera, ma che sembrava un lupo pronto a divorarla. Qual era la sua vera natura? Forse era un uomo lacerato dalla dualità del proprio animo. Forse lei non avrebbe mai conosciuto il vero Lachlan Grant.

Anthony la avvicinò mentre Huntley attendeva sulla soglia, le mani giunte dietro la schiena come un generale.

Santo cielo...

"Signorina Westfall, lord Huntley ha stravinto l'asta con quindicimila sterline, che ha accettato di versare in un fondo dove un fiduciario di vostra scelta gestirà il denaro per voi."

Daphne ascoltò a malapena. Invece, fissò Huntley e lui la imitò. Lentamente, un sorriso curvò le labbra del conte. Non era un sorriso crudele, no, ma lei avvertì che si stava mettendo nelle grinfie di un lupo. Era tentata di distogliere lo sguardo, di sottomettersi a quell'occhiata dominante, ma resistette e sollevò il mento.

Tuttavia, l'istinto le diceva di scappare il più lontano e il più velocemente possibile da lord Huntley.

"Sir... Anthony, potrei parlare per un attimo con voi in privato?" chiese, la voce che tremava. Huntley e Anthony si scambiarono un'occhiata prima che il conte annuisse e uscisse dalla stanza.

Anthony si avvicinò con aria preoccupata. "State tremando. Va tutto bene?"

"Lord Huntley è un brav'uomo? Mi promettete che sarò al sicuro con lui?"

"Ve lo prometto," giurò Anthony. "Huntley è un vecchio amico. Gli affiderei la mia vita. È ricco e possiede dell'ottima terra—"

"Di questo non mi importa. Mi importa di *lui*. È il genere d'uomo che si prende cura di sua moglie? Che non... le fa del male?" Daphne si costrinse coraggiosamente a porre quella domanda, pur sapendo che non era educato parlare di cose del genere.

"Non ha mai fatto del male a una donna. Se vi sembra un po' freddo, è perché suo fratello maggiore, William è morto appena due mesi fa. Huntley era legato a William. La morte di suo fratello lo ha cambiato; per certi versi, lo ha reso più duro. Ma vi assicuro che è un brav'uomo."

Daphne non vedeva che onestà negli occhi di Anthony e di questo si fidava più che di ogni altra cosa. "Ottimo. In tal caso, acconsento a sposarlo."

"Benissimo." Anthony chiamò poi Huntley, che rientrò nella stanza. Si radunarono attorno al tavolo da carte, dove Finchley dispose diversi documenti.

"Questo è l'accordo, Huntley. Ho compilato i moduli con l'ammontare da voi offerto. Non dovete far altro che firmare e lo stesso vale per la signorina Westfall. Finchley e io faremo da testimoni per i contratti, per assicurarci che siano vincolanti."

Daphne guardò Huntley chinarsi sul tavolo e scrivere il proprio nome in corsivo prima di raddrizzarsi e offrirle la penna. Lei la prese e le sue dita guantate sfiorarono quelle del conte. Una scintilla di calore scoccò tra di loro, svanendo poi altrettanto rapidamente. Lo sguardo di Huntley si allontanò di scatto mentre l'uomo faceva un passo indietro. Lei si chinò sul tavolo e firmò a sua volta.

"Ottimo. Huntley, potrete venire a prendere la signorina Westfall domani, dopo che vi sarete procurato una licenza speciale."

"A dire il vero, vorrei che ci sposassimo in Scozia, a meno che la signora non abbia qualcosa da ridire." Huntley guardò Daphne.

"In Scozia?" Daphne dovette costringersi a parlare

con voce ferma. Non si era aspettata di partire così presto.

Non c'è nulla che ti trattenga qui, non più.

"Sì, c'è una chiesetta non lontana da Huntley Castle. È tradizione, per gli uomini della famiglia Grant, sposarsi laggiù."

"Oh... Immagino che non ci siano problemi." Daphne non aveva più amici a Londra, nessuno che volesse farsi vedere con lei. Non aveva alcun motivo di restare lì. Anzi, era decisamente possibile che, se si fosse diffusa la notizia del suo matrimonio, le vittime di suo padre sarebbero venute in chiesa e avrebbero fatto baccano il giorno delle nozze.

"Siamo d'accordo, allora?" chiese Huntley. I suoi occhi azzurri parvero fare di lei un sol boccone.

"Sì." Daphne aveva la sensazione di aver siglato, con quell'unica parola, un patto col diavolo. Un diavolo decisamente bello e minaccioso...

"I documenti sono in ordine," disse Anthony. "Qualcuno gradisce un bicchiere di sherry per festeggiare?"

Huntley scosse la testa. "Non questa sera, vecchio mio. Ho un matrimonio per cui prepararmi."

Anthony si rivolse a Daphne. "E voi? Sherry, mia cara?"

"Sì, per favore," mormorò lei. Aveva bisogno di bere.

Huntley si avvicinò, le prese la mano e se la portò alle labbra. I loro sguardi si incontrarono e, ancora una volta, rimasero fissi l'uno nell'altro.

"A domani," promise a bassa voce lui.

"A domani," gli fece eco lei. Poi, con un bacio sulle nocche che fece ardere il corpo di Daphne di una strana sensazione, il conte uscì dalla stanza.

Daphne lo guardò allontanarsi, chiedendosi se ciò a cui aveva acconsentito l'avrebbe salvata o dannata.

Grazie mille per aver letto questa anteprima di *Stregare il conte*! Se vi piacerebbe sapere quando sarà pubblicato il libro, vi prego di iscrivervi alla mia newsletter delle uscite italiane, presso questo sito: https://bit.ly/2I9ENkH

L'AUTORE

Lauren Smith è un autore che vive in Oklahoma, negli Stati Uniti. Le piace scrivere storie d'amore e viaggiare per ispirare storie future.

Per ulteriori informazioni, visitare il suo sito Web all'indirizzo www.laurensmithbooks.com

NOTE

CAPITOLO II

1. "Ecco a voi il Tamigi, ora gelato/Che prima reggeva navi dal peso immenso./I barcaioli, non potendo remare/Sfruttano le bancarelle per sbarcare il lunario./Qui potete vedere manzo arrostito sullo spiedo./E in cambio di denaro, lo potrete assaggiare./Qui potrete stampare il vostro nome, ma non scriverlo/Perché avete le dita intirizzite dal gelo; è una gioia farlo per voi./E lasciatelo qui vicino, cosicché in futuro/Altri vedano cosa è stato fatto sul ghiaccio." (ndt)